KB071042

도망친
시체

정석화 소설

Contents

차례

십 년 전에
죽은 남자

"이 자식 대체 어떻게 된 거야?"

금테안경이 주위를 둘러보며 이맛살을 찡그렸다.

"술 마시다가 사라진 게 어디 한두 번이야? 택시 타고 집에 갔겠지. 전에도 그랬다며?"

"몸도 가누지 못할 정도로 취한 것 같던데, 왠지 걱정되네요."

"괜찮아. 어디에 고꾸라져 있더라도 이 날씨에 얼어 죽을 염려는 없잖아."

셋이서 술을 마시다 한 사람이 사라진 지 이십 분쯤 지났다. 그 상태로 술자리가 마무리되고, 두 사람은 술집 밖에서 사이좋게 담배를 피웠다. 헤어지기 전 늘 반복되는 습관이다.

"마지막으로 전화 한 번만 해보고요."

금테안경이 통화키를 누르자 사랑이 어쩌고저쩌고하는 휴대폰 연결음이 귓속으로 파고들었다. 벌써 몇 번째인지 모른다. 짜증이 돋았는지 자기도 모르게 혀끝에 작게 쌍시옷이 걸렸다.

"걱정하지 마. 너도 집에 들어가고. 난 여기서 택시 타고 갈게."

"네, 들어가세요, 과장님."

과장이 멈춰 있던 빈 택시의 뒷문을 열었다. 쾅 하는 요란한 소리가 들려온 것은 그때였다. 사고가 났나. 과장이 멈칫하곤 주위를 둘러보았다.

"도로는… 멀쩡한데."

뭐지? 하는 눈빛으로 금테안경과 과장이 시선을 마주치는데, 그때 꺅! 하고 젊은 여자의 까마귀 울음소리 같은 비명이 밤하늘을 갈랐다.

두 사람과 여자의 거리는 열 걸음 남짓, 누가 먼저랄 것 없이 여자 쪽으로 달려갔다. 아니, 달려가다 자기도 모르게 문득 발을 멈췄다. 그 상태로 둘은 얼음 동상이 되었다.

진짜 까마귀처럼 머리부터 발끝까지 온통 검은색인 여자였다. 까마귀는 한곳에 시선이 박힌 채 여전히 까마귀 울음소리를 그치지 않았다.

바닥에 엎어져 있는 움직이지 않고 있는 남자. 묘하게도 옷차림이 낯설지 않았다.

－까마귀! 조용히 해!

마음 같아서는 꽥 소리라도 치고 싶었지만 금테안경은 그렇게 하지 못했다.

금테안경이 바닥에서 발을 떼지 않은 채 슬그머니 발을 앞으로 밀었다. 그렇게 남자의 모습을 확인했다.

"이게 무슨…"

바람이 금테안경의 어깨를 툭 치고 달아났다. 비릿한 피냄새가 콧속으로 파고들었다. 순간 누군가에게 세게 얻어맞은 것처럼 금테안경의 몸이 휘청거렸다. 저도 모르게 뒷걸음질을 치다가 엉덩방아를 찧으며 나자빠졌다.

*
* *

경찰이 북적거렸다. 정복 경찰과 사복, '과학수사'라는 글자가 박힌 크린가드를 입은 사람들. 그들에 섞여 강력팀 하상수도 있었다.

하상수는 과학수사팀이 무엇을 하든 관심이 없었다. 그저 현장에서 조금 떨어진 곳에서 맛있게 담배를 빨아댔을 뿐.

그는 현장에서 피우는 담배 맛을 즐겼다. 누군가 그를 본다면 형사가 아닌 근처 술집에서 구경나온 술꾼처럼 보였을지도 모른다. 실제로도 그는 구경꾼처럼 현장을 구경하고 있었다.

남들은 하상수의 고약한 취미라며 비아냥거렸다. 물론 하상수는 그렇게 생각하지 않았다. 이런 식으로 용의자를 찍어낸 적이 있었다.

그 용의자가 진범으로 밝혀졌다. 운이 좋았고, 단 한 번뿐이었다. 사람의 마음이란 게 참으로 묘했다. 그 단 한 번이 징크스가 되고 말았다.

아무 쓸데 없는 징크스라는 걸 자신도 알았지만 하상수는 무당의 점괘처럼 구경꾼 중 누구 한 사람을 콕 찍어 용의자를 찍곤 했다. 실제로 그의 눈에는 그런 사람이 매번 보였다.

형사의 직감? 자신할 수 없다. 그래도 그는 반드시 그래야만 한다는 압박감을 이기지 못했고, 이번에도 어김없이 딱 그런 사람을 세 명이나 골라냈다.

모두 남자. 셋 다 모자를 눌러썼다.

한 사람은 UCLA, 한 사람은 LA, 그리고 한 사람은… 없다. 그 짧은 사이 사라졌다. 그의 눈에 잔상처럼 남은 기억으로 그 사내는 모자를 깊이 눌러썼고, 콧수염과 턱수염을 길렀다.

'아, 놓쳤네. 범인인데.'

그자는 낚시꾼의 놓친 물고기였다. 그자가 꼭 범인인 것 같아 더욱 안타까웠다.

피살자의 이름은 배기찬. 28세, 키 184센티, 몸무게는 96킬로그램. 현재 여덟 평짜리 아파트에서 혼자서 생활한다. 부모님은 서울에서 생활한다.

사건이 일어난 건물은 10층짜리 아파트형 공장 건물로 A동 B동 C동으로 구분되어 있다. 어느 동이든 요즘은 심각한 불경기라 잔업 하는 회사가 거의 없다. 그날도 그랬다고 한다. 그래서 배기찬이 누군가와 옥상으로 올라가는 것을 아무도 목격하지 못했다.

배기찬은 이곳 건물 3층에 입주한 S휴대폰 부품조립회사의 영업사원이다. 일이 끝나고 같은 건물 1층에 즐비한 술집 중 한 곳에서 같은 부서의 과장과 선배인 금테안경, 이렇게 셋이 술을 마셨다.

술자리가 한 시간쯤 지나고 화장실을 간다며 나갔고, 시신으로 발견됐다.

―사라졌을 때 솔직히 걱정은 하지 않았어요. 그런 일이 종종 있었거든요.

―기찬이가 옥상에서 떨어져 죽을 줄은 정말 몰랐어요.

이것이 과장과 금테안경이 하상수에게 얘기해 준 마지막 말이었다.

하상수는 그 두 사람에게 딱 한 가지를 물었다.

"원한을 가질 만한 사람이 있을까요?"

둘의 대답은 비슷했다.

"많죠. 기찬이의 즐거움이 여자 꼬시는 거거든요."

"주말을 보내고 회사에 오면 제일 먼저 떠벌리는 게 여자 얘기였어요. 그 여자랑 뭘 했느니 말았느니…. 누가 죽이고자 한다면 남자보다는 여자가 훨씬 많을걸요."

배기찬은 가슴을 여러 번 흉기에 찔렸다. 그중 심장을 찔린 것이 치명상이다. 흉기는 발견되지 않았지만 옥상에는 비산된 핏물이 흥건했다.

범인은 옥상에서 배기찬을 살해한 뒤 바리캉으로 머리를 밀고 시신을 건물 아래로 떨어뜨렸다.

바리캉.

이게 묘하다. 죽은 배기찬의 머리 한가운데로 길 하나가 나 있었다. 이마 중앙 쪽에서 목뒤까지.

아무리 생각해도 이해가 쉽지 않았다.

사람을 죽이는 자는 그 무엇보다 사람의 눈을 무서워한다. 누군가를 죽였으면 서둘러 도망가야 하는 것이 상식이다. 그런데 범인은 느긋하게 자기가 죽인 사람의 머리를 밀었고, 그것을 가져갔다.

범인은 왜 쓸데없는 짓을 한 것일까? 무슨 특별한 이유가 있다는 건 분명한데 그것이 뭔지 몰라 곤혹스러웠다.

어쨌든 수사의 시작은 배기찬의 복잡한 여자관계였다. 만일 범인이 여자라면 혼자가 아닌 두세 명일 가능성이 높았다. 배기찬과 같은 거구를 살해한 뒤 혼자서 1미터가 넘는 옥상 펜스 너머로 시신을 떨어뜨린다는 건 쉽지 않았다.

형사들을 골치 아프게 하는 건 또 있었다.

범인은 왜 건물 아래로 굳이 시신을 떨어뜨린 것일까?

형사들은 배기찬의 휴대폰 주소록을 살펴보았다. 여자 이름은 그리 많지 않았다. 최근 통화한 기록에서도 여자와 통화한 기록은 한 건도 없었다. 실제로 최근 통화한 사람과 통화를 해봤는데, 그들은 거의 모두 남자였다.

배기찬이 주말에 여자와 어쩌고저쩌고했다는 건 거짓말일 가능성이 높다고 형사들은 판단했다. 그렇다면 범인은 여자가 아닐 가능성이 높았다.

하상수는 사무실 책상에 엎드려 있었다. 눈은 감고 있었지만 그렇다고 잠을 자는 건 아니었다. 그는 나름 이번 사건에 대해 고심하고 있었다.

배기찬이 죽음에 이르는 과정을 추측하는 건 그리 어렵지 않았다.

술집에서 나간 배기찬 앞에 범인이 나타난다. 범인은 배기찬에 대한 증오심이 대단하다. 배기찬이 범인에게 크게 잘못한 것이 있었을 것이다. 범인과 배기찬은 함께 옥상으로 올라간다. 배기찬이 순순히 따라나선 건 범인이 자신을 힘으로 어쩌지 못할 것이라는 자신감이 있었거나 그럴 수밖에 없는 사정이 따로 있었을 것이다.

옥상에서 범인은 다짜고짜 흉기인 칼로 배기찬을 여러 번 찔러 살해한다. 배기찬의 몸에서 어떤 방어흔도 발견하지 못했다는 것이 갑작스럽게 범행이 이뤄졌다는 근거이다. 배기찬이 바닥에 쓰러져 죽은 후 범인은 태연하게 바리캉으로 배기찬의 머리를 밀었다.

범인의 행동은 대담했다. 증오심도 깊었다. 만일 배기찬의 시신을 옥상에 그대로 두었더라면 다음 날에나 발견됐을 것이다. 그런데 범인은 굳이 그렇게 하지 않았다.

증오심이 깊어 시신을 더욱 망가뜨리려는 생각이었을까?

"아, 그놈이 분명한데."

생각할수록 아쉬웠다.

"포기할 수 없지."

하상수는 잔뜩 미간을 구긴 채 한 사람을 떠올리려고 애를 썼다.

"콧수염, 턱수염… 아, 왜 그것만 생각나는 거야?"

생각이 깊어질수록 그가 범인이라는 확신도 그만큼 깊어졌다.

"저… 하상수 형사님이시죠?"

목소리 하나가 그의 생각을 방해했다.

"무슨 일이죠?"

그제야 고개를 쳐들었다.

정장 차림의 오십 대 남자.

얼굴은 말끔한데 차림새는 영 후줄근하다. 옷은 구겨졌고 땟자국도 여기저기 눈에 띈다. 코를 큼큼거리지 않아도 퀴퀴하고 시큼한 냄새가 코를 찔렀다.

한눈에 봐도 남자는 노숙자였다.

"…이거요."

남자가 손에 들고 있던 A4용지 크기의 납작한 상자를 건넸다.

"이게 뭡니까?"

"심부름입니다. 누가 갖다주라고 했어요."

"누가요?"

십 년 전에 죽은 남자 **15**

"전 모르죠. 돈을 받고 그냥 심부름하는 겁니다. 폭탄 같은 위험물은 아니고 선물이라고 했어요."

선물? 하상수는 고개를 갸웃하곤 상자를 개봉했다.

"이건…."

십자수였다. 검은색 실로 짠 사람의 얼굴. 네다섯 살 아이가 그린 그림처럼 어설프고 엉성했지만, 특징만은 분명했다. 눈썹이 진하고 왼쪽 뺨에 점 하나.

십자수의 얼굴이 배기찬의 얼굴은 아니었다. 배기찬은 눈썹이 진한 편이지만 왼쪽이든 오른쪽이든 얼굴에는 아예 눈에 띄는 점이 없었다.

"이거 머리카락 같은데?"

눈에 바짝 당기자 콧속으로 아교풀 냄새가 스몄다. 아교풀로 머리카락 여러 가닥을 붙이거나 연결했다.

"이거, 누가 줬어요?"

"몰라요. 그냥 눈떠 보니 앞에 있었어요."

"앞에요?"

남자는 대답 대신 종이쪽지를 건넸다. 어린아이가 썼거나 오른손잡이가 왼손으로 쓴 것처럼 글씨체가 삐뚤빼뚤했다.

동부서의 하상수 형사에게 이 상자를 갖다주세요.

폭발물 같은 건 아닙니다. 심부름 값은 10만 원. 후불입니다.

후불?

"누군지 몰라도 이거 잘 받았다고 전해 주세요."

남자가 휑하니 돌아서고 하상수는 곧장 남자를 쫓아갔다.

십자수의 실이 사람의 머리카락임을 의심했을 때 곧바로 바리캉으로 민 배기찬의 머리가 떠올랐다.

남자의 걸음은 느릿느릿했다.

"아, 답답하네. 좀 빨리 좀 걷지. 돌아버리겠네."

그렇게 한 시간쯤 흘렀다. 그리고 그때 엉뚱한 생각 하나가 머릿속에서 튀어나왔다.

이미 심부름 값을 받아 놓고 거짓말한 게 아닐까? 그렇지 않고서야 저렇게 여유로울 수 없는 거잖아?

노숙자의 입장에서 십만 원은 결코 작은 액수가 아니다. 그런데 남자는 느긋해도 너무 느긋했다.

곧이어 다른 생각이 뒤를 이었다.

설마 범인이 천천히 돌아오라고 언질이라도 했던 건가? 만일 그렇다면…. 눈앞으로 번뜩 무엇인가 스쳤다.

범인이… 어디선가 지켜보고 있는 거야!

아무리 배포가 크다고 해도 범인의 입장에서 경찰서까

지 쫓아올 엄두는 나지 않았을 것이다. 경찰서로 들어간 남자가 상자를 아무 데나 버리고 돌아올 수도 있다는 걸 염려했을 것이다.

배달이 정확히 됐는지 확인하는 방법은 간단했다.

후불.

후불을 언급하면 형사는 반드시 뒤를 쫓을 수밖에 없다. 형사가 뒤를 쫓는다는 건 상자가 제대로 전달됐다는 증명이었다.

심부름꾼은 미끼였다. 어리석게도 하상수는 미끼를 덥석 물었다.

하상수는 부리나케 달려가 남자의 어깨를 거칠게 잡아챘다.

"심부름 값! 어디서 받기로 했어요?"

"여긴데요."

"예?"

영풍문고와 CGV가 있는 건물 앞 횡단보도 근처였다. 횡단보도 건너편은 대전복합터미널이었다.

"여기가 내 자리거든요."

남자가 털썩 주저앉았다. 남자 앞에 있는 분유통 크기의 깡통 하나가 눈에 들어왔다.

"어디 볼까?"

남자가 깡통 속으로 손을 집어넣다가 뺐다. 오만원권 지폐 두 장이 딸려 올라왔다. 하상수는 잽싸게 지폐를 낚아챘다. 그러고는 주위를 둘러보았다.

그의 눈에 제일 먼저 들어온 사람은 횡단보도를 건너고 있는 두 명의 남자였다. 머리가 희끗희끗한 칠십 대 노인과 한쪽 발을 절고 있는 오십 대의 남자. 다음으로 눈에 들어온 사람은 이십 대 청년이었다. 그는 모자를 썼다.

하상수는 그를 향해 뛰어가려고 했다. 하지만 이내 동작을 멈췄다. 횡단보도 건너편에 있던 이십 대 초반의 여자가 모자에게 손을 흔들어대고 있었다.

마지막으로 시선에 걸린 사람은 백팩을 둘러맨 사십 대 남자였다. 머리칼이 짧고 모자를 썼다. 옆모습이지만 턱수염을 길렀다.

저놈이야! 직감이 소리쳤다.

이미 신호등은 빨간불로 바뀌었다. 하상수는 무시하고 횡단보도를 건넜다. 차들이 급브레이크를 밟거나 빵빵 클랙슨을 눌러댔지만 아랑곳하지 않았다.

"턱수염! 서! 멈춰!"

턱수염의 어깨를 거칠게 낚아챘다.

"뭡니까?"

사내가 한쪽 눈을 찡그리며 핏대를 세웠다.

그 순간 범인이 아니라는 것을 확인했다. 사내의 왼팔은 의수였다. 나이도 생각했던 것보다 열 살은 더 많아 보였다.

"미안합니다. 사람을 착각했어요."

"이게 말이야 막걸리야! 바쁜 사람한테 난데없이 시비 걸 땐 언제고? 뭐? 착각을 해? 뭐 이런 놈이 다 있어!"

사내가 삿대질을 해가며 하상수를 거칠게 몰아붙였다. 그 와중에도 간혹 손목의 시간을 확인하는 걸 보니 버스 시간이 촉박한 모양이었다. 결국 사내는 쌍소리를 뱉어낸 뒤 터미널을 향해 바삐 걸음을 옮겼다.

그것으로 끝난 게 아니었다.

횡단보도 건너편, 노숙자 남자가 꽥꽥 고함을 질러대고 있었다.

"도둑놈이다! 형사가 내 돈을 훔쳐 갔다!"

신호등이 초록으로 바뀌고 하상수는 도둑 누명을 벗기 위해 도로 횡단보도를 건너갔다.

씩씩거리던 노숙자 남자가 하상수를 향해 척 손을 내밀었다.

"이 돈은 제가 가져갈게요. 그 대신⋯"

하상수는 지갑에서 만 원짜리 열 장을 꺼내 건넸다. 남자는 고개를 저었다.

"…왜?"

"난 내가 일해서 번 돈을 갖고 싶다 이겁니다."

어쩔 수 없이 하상수를 만 원짜리 한 장, 아니 석 장을 더 건넸다. 그제야 노숙자 남자가 입을 헤 벌리며 그 돈을 받았다.

하상수는 주머니에서 꺼낸 투명 비닐봉지에 오만 원권 지폐 두 장을 넣었다. 어쨌든 증거물이었다. 수많은 사람의 손을 거쳐 돌고 도는 게 돈이라지만 가장 최근의 것 몇 개만이라면 지문채취가 가능할지도 모른다. 물론 큰 기대는 없었다.

"어?"

스치듯이 택시 한 대가 그의 등 뒤로 지나갔고, 노숙자 남자의 눈이 휘둥그렇게 커진 것은 바로 그때였다.

하상수는 무심코 남자의 시선을 쫓아 고개를 돌렸다. 죽 둘러봤지만 그의 눈에 잡히는 수상쩍은 사람은 아무도 없었다.

"왜요?"

"저기 저 택시…."

남자가 손가락을 들어 도로를 가리켰다.

　　　　✼
　　　✼✼

　국과수의 손 박사로부터 전화를 받았다. 제주도에서 서 모라는 이십 대 남자가 살해당했는데, 바리캉으로 머리가 밀려 있었다는 얘기를 들었다고 했다. 그것도 딱 한 줄.

　열흘 만에 유사한 사건이 발생했다는 건 동일범의 소행일 가능성이 높았다.

　하상수는 무작정 공항으로 향했다.

　그로부터 세 시간쯤 후 제주공항에 도착했다.

　급한 마음에 택시를 타고 서귀포경찰서까지 가려다 마음을 바꿔 근처 해장국집에서 늦은 점심을 먹었다. 그곳에서 생각을 정리했다.

　현재 상황으론 어떤 수사 협조도 어려울 것이 뻔했다. 공문을 보내 공조수사를 요청한다고 해도 결국 요식적으로 그러자고 할 뿐 이쪽 패를 먼저 보여주지 않는 한 정상적인 협력은 현실적으로 어려웠다. 두 경찰서 간에 신경전만 벌이다 공조수사는 없던 일이 될 가능성이 높았다.

　하상수는 이번 서귀포 사건에 대해 휴대폰으로 기사 검색을 했다.

　"역시 감추고 있군."

　하상수가 소속된 수사팀에서도 외부에 공개하지 않은

비밀사항이 있었다.

모종의 결심을 하곤 식당에서 나와 즉시 서귀포경찰서로 전화했다.

어렵게 통화가 된 사람은 박경훈 형사였다.

"저는…."

하상수는 자신의 신분부터 밝혔다. 박경훈은 선뜻 믿지 않았다. 기자가 아닐까 의심하는 눈치였다. 하상수는 상대방의 의심을 풀어주기 위해 자신의 경찰 이력까지 주저리주저리 떠벌려 주었다. 그제야 박경훈의 경계심이 조금 풀어졌다.

하지만 여전히 산 넘어 산이었다. 경계심이 느슨해졌다고 해서 자신을 믿는다는 의미는 아니었다. 박경훈은 그를 만나는 걸 여전히 께름칙하게 여겼다. 거기에 대해 이미 생각해 놓은 것이 있었다. 미끼를 던졌다.

"시신으로 발견된 사람의 신체 일부가 훼손됐다는 거 알고 있습니다."

─훼손요?

박경훈은 시치미를 뗐다.

"머리 말입니다. 머리를 바리캉으로 밀었잖습니까. 이마에서 목 뒤까지 한 줄로 쫙."

효과는 확실했다.

―그걸… 어떻게?

"만나서 얘기하죠. 박 형사님은 저를 꼭 만나셔야 합니다. 그렇죠?"

―좋습니다. 여기로 오시죠?

"그건….'

이제쯤 박경훈은 그를 기자라고는 여기지 않을 것이다. 하지만 서귀포경찰서로 찾아간다는 건 곤란했다. 똥개도 제집에서는 범도 두려워하지 않는 법이다.

흥. 누굴 바보로 아냐?

반대로 생각하면 그 답이 확실했다. 서귀포경찰서로 들어가면 박경훈은 그를 즉시 체포할 것이다. 그를 용의자로 취급하며 이것저것 질문할 것이다.

그의 항변은 무시될 것이고, 원하는 것을 모두 얻고 난 뒤에야 정중하게 사과할 것이다. 협조공문이라도 먼저 보내지 그랬냐며 하나 마나 한 소리를 떠벌릴 것이다.

그들의 수작에 놀아나지 않기 위해서는 약삭빠른 것도 현명한 행동일 수 있었다.

"제가 시간이 없어서요. 곧 대전으로 올라가 봐야 합니다. 위에 말도 없이 무작정 내려온 거라서 말이죠."

그러면서 그는 경찰서 대 경찰서가 아닌 일대일 공조수사를 제안했다.

박경훈은 일대일이라는 말에 호기심을 드러냈다. 현재 그의 입장에서 달리 대응할 방법이 있을 리도 없었다.

−좋습니다. 만나죠.

하상수는 박경훈의 휴대폰 번호를 받았다. 통화를 끝내기 전 서귀포 수사팀에서 무리한 계획을 세우지 않았으면 좋겠다고 넌지시 경고하는 것도 잊지 않았다.

약속 장소는 서도영이 죽은 사건 현장.

박경훈은 약속대로 혼자 그곳으로 나왔다. 한동안 주위를 살펴봤는데 나중엔 몰라도 당장은 뒤를 쫓아온 자는 없었다.

"대전동부서의 하상수입니다."

악수를 하고 난 뒤 하상수는 일부러 경찰공무원증을 보여줬다.

"저도 그거 보여줘야 하는 건 아니죠?"

언뜻 봐도 박경훈은 그와 비슷한 나이였다.

"이곳 벤치에 쓰러져 있었나요?"

현장에는 아직 핏물이 남아 있었다.

"네, 그래요. 범인이 뒤에서 목을 그었어요. 한 손으로 머리칼을 잡고 다른 손으로 왼쪽에서 오른쪽으로."

오른손잡이일 가능성이 높다는 의미였다.

"그 상태에서 바리캉을 댄 거군요."

"열흘 전 대전에서 발생한 사건이 그겁니까?"

박경훈도 그를 만나기 전 조사를 했을 것이다. 형사로서의 당연한 행동이었다.

"네, 맞아요."

"머리카락을 갖고 간 이유는요? 혹시 밝혀졌습니까?"

"십자수를 뜨려고 했던 겁니다."

이미 모두 밝히기로 결심하고 이 자리에 나왔기에 감추지 않았다.

"범인이 노숙자를 시켜 십자수를 배달했어요."

박경훈이 흠칫 놀라 진짜냐고 물었다.

하상수는 가볍게 고개만 한 번 끄덕였다.

"그러니까, 십자수의 실을 피살자의 머리카락으로 만들었다, 이거군요."

"그렇더군요."

"십자수 모양은 뭐였죠?"

"사람의 얼굴요. 네다섯 살짜리 아이가 그린 그림처럼 알아보기가 힘들었어요."

이후로 좀 더 이런저런 얘기를 나누었다. 하상수 역시 피살당한 서도영의 신상에 대해 알게 되었다.

서도영은 S호텔 직원으로 연회팀에서 근무한 지 3년이

조금 넘었다. 같은 회사의 신입사원인 객실 담당 여직원과 연애를 시작했고, 그날도 두 사람은 데이트 약속이 있었다. 서도영은 두 사람이 늘 만나던 곳에서 그녀를 기다리고 있다가 변을 당했다.

"목격자는 없고요?"

"없어요."

연회팀은 일이 없는 주중엔 5시에 퇴근하지만 객실 담당인 서도영의 애인은 7시에 임무 교대를 한다고 했다. 애인을 기다리는 두 시간 동안 서도영은 호텔에서 빈둥거리거나 이곳 벤치에 앉아 스마트폰 게임을 즐겼다고 한다.

그 외에도 박경훈은 여러 가지 조사내용에 대해 알려주었다. 서도영의 사망 시각과 가족관계, 금전관계, 여자관계 등 비교적 내용이 상세했다.

"서도영은 집이 서울입니다. 이곳에는 취직이 되고 나서 내려왔고요. 직장인 S호텔에서 차로 십 분 거리에 직원 숙소가 있는데, 데이트를 하지 않는 날에는 대부분 숙소에서 시간을 보냈다고 하더군요."

박경훈이 말해주는 정보는 거의 불필요한 내용이었지만 한 가지는 그렇지 않았다.

"그는 신림동에 있는 J고를 졸업하고, 대학은…"

머릿속에 있는 현 하나가 튕겨진 것은 바로 그때였다.

J고.

배기찬도 같은 고등학교를 졸업했다. 두 사람은 나이도 같았다.

"그러니까 고등학교는 J고, 대학은 S호텔이 운영하는 S대학이라는 거죠?"

시큰둥하게 확인했다.

"네. 한데 그게 무슨 의미가 있는 겁니까?"

박경훈 역시 형사였다. 그가 눈치채지 못할 리 없었다.

하상수는 시치미를 뗐다.

"이제부터 알아봐야죠. 그게 우리 일이잖아요."

마뜩잖은 듯 박경훈이 입술을 삐죽 내밀었다.

"뭐가 나오면 즉시 연락드릴게요. 물론 그쪽도…."

"뭐, 당연한 얘기를."

"아 참, 서도영의 사진 좀 보여주실래요. 얼굴을 알아야 수사를 해도 하는 거니까."

십자수의 얼굴과 서도영의 사진을 비교해 보려는 의도였다.

"사진이 있긴 있는데 상태가 좀…."

박경훈이 말끝을 흐리며 빼는 시늉을 했다. 역시 뭔가 낌새를 느낀 것이다.

하상수는 어찌할까 하다가 일부만 밝히기로 했다.

"십자수의 얼굴 눈썹이 짙더라고요. 그거 확인해 보려고요."

"그래요?"

박경훈은 쉽게 넘어오지 않았다.

"이 정도 했으면 보여주세요. 공조수사 아닙니까."

"안 보여주려는 게 아니라…"

박경훈이 마지못해 휴대폰을 꺼냈다.

휴대폰 화면에 서도영의 얼굴 사진이 떴다.

"여기요."

휴대폰을 건네받으며 하상수는 저도 모르게 침을 꼴깍 삼켰다.

하지만 사진을 보는 순간 저절로 얼굴이 구겨졌다. 기대했는데 실망이 컸다.

눈썹도 짙지 않았지만 서도영의 왼쪽 뺨에도 점이 없었다. 왼쪽이든 오른쪽이든 얼굴 어디에도 점 비슷한 건 아예 보이지 않았다.

"눈썹이 짙지 않네요."

"네, 그런 편이죠."

문득 생각 하나가 눈앞으로 스쳤다.

성형외과에서 점을 뺀 건 아닐까?

그렇다고 이런 질문을 박경훈에게 할 순 없었다.

하상수는 휴대폰의 사진을 확대시켜 보았다. 성형외과에서 점을 뺐다고 해도 그게 최근이라면 흔적은 남아 있겠지 하는 기대였다.

"해상도가 낮네요."

아주 조금만 확대했는데도 픽셀이 깨졌다. 아무래도 해상도가 높은 사진이 필요했다.

"그런가요? 카메라 앱의 해상도가 낮게 돼 있는 건가? 사실 전 휴대폰의 기능을 잘 몰라요."

말도 안 되는 거짓말이었다. 휴대폰의 바탕화면에는 그가 듣도 보도 못한 별의별 앱들이 수두룩하게 깔려 있다. 이런 상황을 예상하고 사진을 조작했을 가능성이 높았다.

"다른 사진 없습니까? 해상도가 높은 걸로요."

"해상도가 왜 중요하죠? 이 정도면 충분히 확인이 가능할 텐데. 혹 얼굴에 뭐라도 있어야 하는 겁니까?"

역시 만만찮은 자였다.

"혹시나 해서요."

"그 혹시나 하는 게 뭔지 저도 좀 알았으면 하는데요."

하상수는 손으로 턱을 쓸며 생각에 잠긴 척했다. 명백한 거부였다.

"일대일 공조수사, 계속하는 겁니까?"

박경훈이 즉시 압박했다.

"그럼요. 그래야죠."

"좋습니다. 그럼 가시죠."

"어딜요?"

"어디긴요, 대전이죠."

"거긴 왜요?"

"하 형사님이 제주도에 왔으니 이번엔 제가 대전에 가봐야 하지 않겠어요. 그게 예의잖아요."

어이가 없었다. 박경훈이 거머리처럼 달라붙을 줄은 상상조차 못 했다. 갑자기 혹이 하나 생겼다. 생각도 복잡해졌다.

만일 박경훈이 경찰서에 들어가겠다고 억지를 부린다면? 거기서 일대일 공조수사 어쩌고저쩌고 떠벌린다면?

그의 입장이 난처해지는 정도가 아니라 성과에 눈이 멀어 적과의 동침을 허용한 부정한 놈이라며 갖은 비난은 물론 집단폭행을 당할지도 모를 일이었다. 그렇다고 박경훈을 떼놓을 수도 없어 난감했다.

이를 어쩐다…

그의 휴대폰이 진동한 것은 그때였다. 문자메시지였다. 발신자는 어이없게도 눈앞에 있는 박경훈 형사.

문자를 클릭하자 서도영의 사진이 떴다. 이번에는 아예

확대조차 할 필요가 없었다.

"음…."

하상수는 무겁게 신음을 흘렸다. 있었다. 왼쪽 뺨에 점 하나.

"이제 우리 도장 찍은 겁니다. 양자 합의 없이 취소 못 해요."

쾅, 쾅, 쾅.

박경훈이 하상수의 손바닥에 주먹을 세 번 내리쳤다.

*
**

하상수는 박경훈과 나란히 비행기에 앉았다. 잔머리를 굴리다가 코를 꿰였다.

"사진이 왜 버전이 두 개였죠?"

모르는 척 박경훈의 의중을 캐물었다.

"혹시 몰라서요. 사람 얼굴에 있는 점이란 게 굉장히 특징적인 거 아니겠어요."

사슴은 아닌 줄 알았지만 진짜 정체가 능구렁이라는 것이 놀라웠다.

앞으로가 문제였다. 이런 식이면 박경훈은 그림자처럼 그를 쫓아다닐 것이다. 남의 경찰서를 제집 드나들 듯 돌아다니면 하상수의 입장이 몹시 곤란했다.

하상수는 이 점을 분명하게 해둬야 했다.

"설마 제 직장까지 쫓아다닐 생각은 아니겠죠? 그거 매우 몰상식적인 행동입니다."

"제가 몰상식적이긴 해도 그 정도는 아닙니다."

하하. 박경훈이 웃고 나서 마침 생각났다는 듯 이어 물었다.

"대전으로 안 가고 왜 서울로 가는 거죠?"

"일이 있으니까 가겠죠."

퉁명스럽게 대꾸하곤 하상수는 눈을 감았다.

완전 혹이었다. 공조수사가 끝날 때까지 혹을 달고 다녀야 한다고 생각하니 관자놀이가 지끈거렸다.

두 사람은 공항에서 내린 뒤 곧바로 지하철을 탔다.

지하철을 내려서는 택시로 갈아탔다.

택시가 멈춘 곳은 J고 정문 앞.

J고는 사립으로 남녀공학이었다. 수업 시간인지 학생들은 보이지 않았다. 운동장도 썰렁하게 텅 비어 있었다.

"대전에서 죽은 배기찬도 여기 졸업생입니까?"

"역시 눈치가 장난 아니네요."

교문 입구 수위실에는 사람이 없었다. 어떡할까 하다가 그냥 운동장을 가로질러 걸었다.

"그렇다면 과거의 원한이 현재로 이어졌을 가능성이 높겠군요."

"현재로선 그렇게 생각해야겠죠."

"그 중요한 걸 감추고 있었다니 섭섭하네요."

"그런가요? 그 말을 들으니까 그냥 혼자 올 걸 그랬나 하는 후회가 되네요."

"하하. 농담입니다, 농담."

두 사람은 시시껄렁한 대화를 주고받으며 본관 건물로 들어가 행정실을 찾아갔다.

행정실을 찾는 건 그리 어렵지 않았다.

행정실 직원에게 신분증을 보여주고 방문 목적을 간단히 설명했다.

"방금 누구라고 하셨죠?"

"배기찬과 서도영요. 기억하십니까?"

행정실장이 곧바로 교감에게 안내했다.

교감은 남자와 여자 두 사람으로, 행정실장은 남자 쪽에게 다가갔다.

"선생님. 이분들은 형사님들인데, 배기찬과 서도영 때문에 오셨답니다."

"누구요?"

"십 년 약간 안 됐는데, 나 선생 사건…."

교감이 흠칫 놀라더니 손으로 이마를 짚었다.

"그때 나 선생에게 불리한 증언을 했던 그 학생들입니다."

"기억납니다. 그래도 일단은 졸업앨범 좀 찾아와 보세요. 확인은 해봐야죠."

행정실장이 부리나케 교무실을 나갔다.

행정실장이 돌아오기를 기다리며 두 형사는 '나 선생 사건'에 대해 교감에게 설명을 들었다.

"그 선생 이름이 나진석입니다. 저하고 나이 차이가 꽤 나지만 대학 후배이기도 하고요. 여기서 오는 데 제가 어느 정도 역할을 했죠. 수학을 맡았고요."

얘기가 길어질 것 같았는지 박경훈이 얼른 요점을 파고들었다.

"나 선생 사건은 뭐고, 두 학생은 무슨 증언을 했던 겁니까?"

"나 선생이 제자인 여학생을 성폭행하고 차로 친 사건입니다. 여학생은 그 자리에서 죽었어요. 선생이 어찌 그런 짓을 저질렀는지…."

"배기찬과 서도영이 그 사건을 목격한 겁니까?"

"그랬죠. 그때 나 선생은 차로 친 사실은 순순히 인정했어요. 물론 고의가 아니었다고 줄곧 주장했지만요. 땅에서 솟았거나 하늘에서 뚝 떨어진 것처럼 갑자기 그 여학생이 나타났고, 피할 수 없었다고 했어요. 안타깝고 끔찍한 일이었죠."

"나 선생이 성폭행을 했다는 건 무슨 얘기죠?"

"그건 또 다른 목격자가 있었어요."

"그 목격자도 학생이었습니까?"

그때 행정실장이 교무실로 들어왔다. 옆구리에 졸업앨범을 끼고 있었다.

"몇 반이지?"

교감이 건네받은 앨범을 넘기며 행정실장을 보았다.

"3반입니다. 둘 다."

교감이 뿔테 안경을 콧등 아래로 조금 내리더니 하나씩 사진을 살폈다. 그의 손끝이 곧 한 남학생을 손끝으로 찍었다.

"여기, 이 학생이 배기찬입니다. 여기 이 학생이 서도영이고요."

배기찬은 짧은 상고형 머리 스타일이었다. 서도영은 그때도 왼쪽 뺨의 점이 선명했다.

"그리고 이 아이가 성폭행 목격자인 이종원입니다. 이 친구는 반장이었어요. 공부를 꽤 잘해서 학교에서도 기대를 많이 했죠. 그 사건 때문인지 안타깝게도 그해 대학

입시에서 원하는 대학을 가지 못했어요."

두 형사는 이종원의 사진을 유심히 보았다. 이목구비가 분명했고 나이보다 꽤 성숙해 보이는 인상이었다. 언뜻 보면 이십 대 중반쯤으로 착각할 수도 있을 것 같았다.

"이 사진 좀 찍겠습니다."

박경훈이 휴대폰으로 졸업앨범 속 이종원의 얼굴을 서너 번 찍고는 일일이 사진 상태를 확인했다.

"뒷장으로 넘기면 여러 아이가 함께 찍은 사진도 있어요."

행정실장이 친절하게 설명을 보탰다.

한 장을 넘기니 단체 사진이 나왔다. 한 반 아이들 전체를 찍은 사진을 제외하면 적게는 두세 명씩, 많게는 예닐곱 명이 함께 찍었다.

그중 세 아이가 함께 찍은 사진이 눈에 띄었다. 공교롭게도 세 아이는 목격자들이었다. 배기찬, 서도영, 그리고 이종원.

"이 셋이 친했나 보군요."

박경훈이 넌지시 물었지만 그 말에 대답해 줄 사람은 없었다.

"성폭행을 당한 여학생도 여기에 있습니까?"

"아뇨. 졸업을 못 했으니까 없죠."

박경훈이 앨범을 넘겨받아 앞뒤로 여러 장 넘기며 뭔가를 살폈다.

"3반 담임이 나진석 선생이었던 건가요?"

박경훈이 텅 빈 앨범의 한곳을 손끝으로 짚었다.

"네. 보다시피 사진과 이름은….

"없군요. 혹 나진석 선생 사진을 구할 수….

거기까지 말했을 때 하상수가 팔꿈치로 박경훈의 옆구리를 쿡 찔렀다.

왜? 하고 묻듯이 박경훈이 하상수를 보았다.

"그건 저희가 찾아보고요. 혹 재판 결과가 어떻게 됐는지 알 수 있을까요? 저희가 알아봐도 되지만 마음이 급해서요."

"최종적으로 10년형을 선고받았습니다. 사람들 말이 강간치사인데 좀 약하게 받은 거라고 하더군요."

선생이 학생을 성폭행하고 차로 치어 살해한 사건이었다. 사회적으로도 꽤 이슈가 됐을 것이고, 이런 사건의 경우 재판부도 형량을 무겁게 내리는 게 추세였다. 그런데 고작 10년형이라니? 뭔가 이유가 있을 것 같았다.

"재판을 계속 지켜봤죠. 재판 때 나 선생의 주장은 변함이 없었어요. 차로 친 건 고의가 아니었고, 성폭행에 대해선 절대 그런 사실이 없다고 했어요. 나 선생이 여학생을 성폭행했다는 증거도 일절 나오지 않았고요."

"항소는요?"

"안 했어요. 1심으로 끝났어요. 나 선생이 포기했거든요. 재판 중에 불행한 일이 발생했지 뭡니까."

불행한 일이란 나진석의 부인과 네 살짜리 딸아이의 뜻하지 않은 죽음이었다.

남편이 하루아침에 인면수심의 파렴치한으로 손가락질을 받게 되자 부인은 견디다 못해 어린 딸과 함께 스스로 목숨을 끊었다.

시신이 발견된 곳은 경기도 양평의 강변 가로 낚시를 좋아하는 남편과 여러 번 함께 갔던 곳이었다. 부인은 아이에게 수면제를 먹인 뒤 자신도 다량 복용했다. 번개탄 세 개가 모녀의 생명을 앗아갔다.

부인은 짧은 유서를 남겼다.

나진석이 아닌 죽은 여학생의 부모에게였다.

죄송합니다. 남편 대신 사죄드립니다.

우리 모녀가 뒤따라가서 따님에게 무릎 꿇고 사죄하겠습니다. 죄송합니다.

"아내와 딸이 남편의 죄를 인정하고 죽자 재판부가 많이 고민했던 것 같아요. 다들 무기형이나 15년형을 예상했는데, 그보다 훨씬 적은 형량이었죠. 재판부에서 선처한 거죠."

"그 사건이 언제 발생했던 거죠?"

"십 년쯤 됐나? 그건 안 된 것 같아요. 8월 초순경이었고요. 그때가 방학이었어요. 3학년들은 다 학교에 나와 자율학습을 했었지만요."

그렇다면 나진석은 아직 교도소에 있을 것이다. 물론 감형을 받았다면 얘기가 또 달라지겠지만. 그건 차차 알아보면 될 일이고, 확인하는 것도 어렵지 않았다.

"이종원의 연락처를 알 수 있는 사람이 있을까요?"

"총동문회 쪽에 문의해 보면 혹시 모르죠. 기수 모임도 있고 반 모임도 따로 있으니까요."

행정실장이 눈치껏 총동문회 전화번호를 알려주었다.

하상수와 박경훈은 각기 전화번호를 휴대폰에 저장했다.

그때 수업 종료를 알리는 음악 벨이 울렸다. 더는 질문할 것도 없었다.

"고맙습니다. 많은 도움이 됐습니다."

하상수가 자리에서 일어나며 교감에게 인사했다.

교감이 무릎을 손으로 짚고 따라 일어서며 문득 생각났

다는 듯 물었다.

"그런데 그 세 학생에 대해 왜 조사하는 겁니까? 그 학생들이 무슨 사고라도 쳤나요?"

그러고 보니 이유를 밝히지 않았다. 아니, 일부러 말하지 않았다.

"사고라기보다는 사건이죠."

박경훈이 흘러내린 앞머리를 뒤로 넘기며 대답했다.

"…사건이라면?"

"아니요. 사건을 당했습니다."

"사건의 피해자라는 겁니까?"

"그런 셈이죠."

"그건….."

끝까지 말을 잇지 않았지만 교감은 다소 안도하는 표정이었다.

그때 하상수의 휴대폰 벨이 울렸다.

발신자는 후배 형사였다.

"응. 왜? …뭐? 알았어, 끊어."

하상수는 통화를 끝내자마자 교감에게 인사를 하는 둥 마는 둥 하며 교무실을 빠져나왔다.

운동장으로 들어섰을 때 박경훈이 무슨 일인지를 물었다.

"그게 또 왔대요."

"그거요?"

"십자수요."

"아, 그거요."

하상수가 눈을 가늘게 하며 박경훈을 노려보았다. 이게 이렇게 반응할 문제인가. 무슨 택배가 도착했다는 것도 아니고.

"아, 미안해요. 실은 제 어머니가 십자수 강의를 하거든요. 갑자기 그게 생각나서…."

"아, 예."

어쨌든 이해했다.

두 사람은 택시를 타고 한곳에서 내렸다.

두 개의 커피숍이 나란히 붙어 있었다. 한 곳은 국산 브랜드, 다른 한 곳은 외국 브랜드. 약속이나 한 듯 두 사람은 외국 브랜드 쪽으로 들어갔다.

그곳 2층에 앉아 맞은편 4층 건물의 1층을 바라봤다. 그곳은 이종원이 운영하는 페인트 가게였다.

이종원으로 보이는 파마머리 사내는 가게에 있었다. 손님이 오면 가끔 밖으로 나와 모습을 비췄다.

"아까 찍은 이종원 사진 좀 봅시다."

"제주도에서 받은 십자수도 좀 보죠."

두 사람은 두 휴대폰 화면을 비교해 보았다.

"파마머리는 확실하게 닮았네요."

"파마한 게 아니라 원래 곱슬머리였을지도 모르죠."

하상수가 심드렁하게 대꾸하곤 생각에 잠겼다.

퍼즐 같던 배기찬과 서도영 사건은 이제 거의 그림이 맞춰져 있었다. 몇 개의 조각만 맞추면 완벽하게 하나의 그림이 완성된다. 언제나 그렇듯이 문제는 바로 그 몇 개의 조각이었다.

지금까지 조사한 사건의 진상은 비교적 단순했다.

약 십 년 전 나진석은 제자인 여고생을 성폭행하고 차로 치어 죽인 혐의로 재판에서 10년형을 선고받았다. 결정적인 증인이 세 사람 있었다. 제자였던 남학생들로 배기찬, 서도영, 이종원이다.

재판이 시작되고 얼마쯤 후 나진석의 아내는 딸을 데리고 자살했다. 그러니까 나진석이 아내와 딸의 죽음에 대한 앙갚음, 즉 복수를 하고 있다는 것이 수사팀의 결론이다.

교도소 측에 알아본 결과 나진석은 감형을 받아 3개월 전에 출소했다. 현재 그는 행적이 묘연하다. 이제 나진석에게 남은 표적은 이종원뿐이다.

박경훈의 말처럼 수사팀도 십자수 얼굴의 두툼한 입술과 파마머리가 현재 이종원의 모습과 흡사하다는 결론을 내렸다. 그리고 이런 추정이 사실이라면 이미 나진석은 이종원의 주변을 맴돌고 있다는 의미였다. 그리고 보면 십자수는 일종의 살인 예고장이었다.

다행이라면 수사팀이 이종원의 행적을 찾았다는 것이다.

박경훈이 휴대폰을 주머니에 넣으며 차창 밖으로 고개를 돌렸다.

"십자수, 그 머리카락에 대한 유전자 분석 결과 언제 나온답니까?"

그가 바라보는 것은 회색으로 된 4층짜리 건물 1층이었다. 이종원이 운영하는 페인트 가게였다.

"기다리면 나오겠죠. 결과는 뻔하겠지만."

그때 페인트 가게에서 한 남자가 나왔다. 벙거지를 쓰고 손에 흰 장갑을 꼈다.

"이종원, 맞죠?"

박경훈이 확인하듯 물었다.

"맞네요."

"좀 움직여줘야 하는 거 아닙니까? 하루 종일 가게에 처박혀 있으면 나진석이 찾아오겠냐고요."

박경훈이 볼을 실룩거리며 불평했다.

"저 안에 있을 땐 힘들겠죠. 직원도 한 명 있으니까."

불안한 것은 나진석이 이종원의 존재에 대해 훨씬 먼저 알고 있었다는 것이다. 그는 이종원의 생활 패턴도 훤히 꿰고 있을 것이다. 형사들이 결코 유리한 입장이 아니라는 것이다.

박경훈이 버튼을 눌러 차창을 조금 내렸다.

"어제 제주도에서 연락 왔어요."

"무슨 연락요?"

"나진석이 묵었던 호텔을 알아냈답니다. 우습게도 S호텔이었어요. 바다가 한눈에 보이는 객실이랍니다. 신혼여행을 제주도로 온 게 아닐까요? 어쩌면 그 방에서 지냈는지도 모르고요."

"정말로 그랬는지도 모르죠. 거기서 며칠이나 묵었답니까?"

"나흘요. 범행을 저지른 그다음 날 느긋하게 체크아웃했어요. 나진석의 부모에 따르면, 자살한 나진석의 아내는 십자수를 좋아했고, 그의 집에는 사진 대신 십자수로 뜬 가족사진이 벽에 걸려 있었다고 하더라고요."

하상수는 의자를 조절하여 몸을 약간 뒤로 눕혔다. 눈꺼풀을 내리감았다. 피곤이 한꺼번에 밀려왔지만 졸리지는 않았다.

그는 나진석을 상상했다. 바다가 보이는 테라스에 앉아

십자수를 뜨고 있는 한 남자.

나진석의 모습은 끔찍하기보다 오히려 쓸쓸하게 느껴졌다. 왜일까?

"서도영에 관한 내용도 있어요. 제주도에서 일하는 3년 동안 8월 첫 번째 토요일마다 서울에 올라갔답니다."

"다른 때는 안 가고요?"

"갔죠. 갔는데, 8월 첫 번째 토요일이면 빼놓지 않고 서울에 갔다는 게 중요한 거겠죠."

"그래서 그게 무슨 의미죠?"

"부모의 생일이나 결혼기념일, 제삿날은 아닙니다. 형제들이나 친구들과도 아무런 연관이 없고요. 오히려 서도영의 부모는 아들이 8월 첫 번째 토요일에 빠지지 않고 서울에 왔다는 걸 의아해했답니다. 서울에 왔으면서 연락조차 없었다며 죽은 아들에게 섭섭해하는 눈치였답니다."

"특별한 날인 건 분명한데 그게 뭔지 모른다는 거네요."

"그리고…."

박경훈이 슬쩍 하상수의 눈치를 살폈다. 뭔가 켕기는 게 있는 것 같았다.

"실은… 배기찬에 대해서도 조사했어요."

배기찬?

"그건 엄연하게 영역침범 아닙니까?"

하상수가 따지듯이 말했다. 물론 감정이 실린 것은 아니었다.

"불법입니까? 미안해요, 몰랐어요."

"그래서요? 서도영과 똑같았다 그겁니까?"

"그래요. 직장동료에 따르면 8월 첫 번째 토요일엔 꼭 서울에 갔답니다. 이번에도 그랬고요. 무슨 일이냐고 물어도 아무 말 안 해줬는데, 이번에는 요상한 말로 대답하더랍니다."

그 요상한 말이란 "만나기 싫은 친구를 만나러 간다"는 것이었다.

"싫으면 안 만나면 그만이잖아요. 그런 사람을 친구라고 부르지도 않고요. 만나기 싫은 친구를 꼭 만날 이유가 뭘까요?"

박경훈이 물었다.

"제 생각엔 회합이었던 것 같아요. 졸업앨범 속 사진 생각나죠? 세 명이 함께 찍었던…."

"그게 왜요?"

"웃고 있는데 웃는 얼굴이 아니었잖아요. 셋이서 비밀 얘기를 나누다 누군가 카메라를 들이대자 억지로 웃는 것 같은 어색한 얼굴이었어요."

"꼭 그런 것 같진 않았는데…."

"어쨌든 그 셋은 작당하여 한 사람의 인생을 망가뜨렸을 수도 있어요? 하 형사님은 그렇게 생각하고 있으시죠?"

"예? 아, 예. 솔직히 말하면 그렇죠."

"사실 우리 팀도 그래요. 나진석이 모함을 당했거나 올 가미에 걸려들었을 가능성이 높다고 생각하죠. 그 당시 같은 반이었던 사람들을 만나봤는데, 죽은 여자애… 걔 이름이…."

박경훈이 미간을 모으는 사이 하상수가 여자애의 이름을 말했다.

"양유라요."

"맞아요, 양유라. 걔가 그 셋과 친하게 어울려 다녔답니다. 이종원과 양유라가 사귀었다는 소문도 있었고요. 재밌는 건 나진석이 성추행이나 성폭행을 했다는 사실에 대해 지금도 믿기 힘들다고 말하는 사람이 있다는 겁니다. 꽤 많던걸요."

박경훈에게는 말하지 않았지만 대전 수사팀에서도 비슷한 의심을 품었고, 조사를 위해 여러 사람을 만났다. 결론은 지금 박경훈이 말하는 것과 같았다.

뿐만 아니라 나진석이 양유라를 차로 쳤다는 현장을 찾아가기도 했다.

그 도로는 왕복 2차선이었다. 그리 높지는 않지만 산을 끼고 빙 돌듯이 도로가 이어졌다.

J고는 그 산 중간쯤에 위치했다.

J고에서 내려오는 길 오른쪽으로 2미터에서 4미터 높이의 축대가 있는데, 사고지점의 축대는 2미터 높이였다.

사건현장에서 오른쪽은 산으로 올라가는 산책로 입구였다. 산책로로 들어서면 1미터 높이의 철 난간이 축대를 따라 10여 미터쯤 설치되어 있다. 그곳을 둘러본 수사팀은 J고 교감이 했던 말을 다시금 떠올렸다고 한다.

－땅에서 솟았거나 하늘에서 뚝 떨어진 것처럼 갑자기 여학생이 나타났다고 했거든요.

그곳에서라면 땅에서 솟아날 순 없어도 하늘에서 뚝 떨어지는 건 가능했다.

하상수의 풀리지 않은 조각은 바로 이것이었다. 만일 그의 예상이 맞는다면 그날 그 교통사고는 강간치사가 아닌 과실치사일 가능성이 컸다.

박경훈이 하상수의 팔을 툭 쳤다.

"움직이는데요. 옷차림이 산에라도 갈 것 같아요."

그랬다. 얼핏 보기에도 이종원은 약수터에라도 가는 사람처럼 보였다. 조그만 백팩을 등에 멨고, 신발은 등산화였다.

두 사람은 이종원의 다음 행동을 차에서 지켜보았다. 이종원의 차는 가게 앞 도로에 주차되어 있었다. 차를 타고 간다면 렌터카로 뒤쫓아야 하고 그렇지 않다면 차에서 내려 미행해야 한다.

이종원은 차를 타지 않았다.

두 사람은 동시에 차 밖으로 나갔다.

두 사람은 이런 경우에 대비하여 약속해 둔 것이 있었다. 한 사람이 이종원의 뒤를 쫓고 다른 한 사람이 어딘가에서 이종원의 뒤를 쫓을 것이 분명한 나진석을 찾는다는 것.

"먼저 갑니다."

박경훈이 이종원을 맡겠다고 나섰다. 누가 누구를 맡을지는 결정하지 않았지만 자연스럽게 나진석은 하상수의 몫으로 결정됐다.

하상수는 불만스러웠다. 형사가 범인을 잡으면 좋은 게 아닌가? 잡았을 때 얘기다. 더욱이 나진석은 두 명이나 살해했다. 잘못해서 다치기라도 하면 무조건 손해였다.

이종원은 한 정거장쯤을 걷더니 지하철을 타기 위해 계단을 올라갔다. 2호선 당산역. 이종원이 승강장에 서자마자 한강을 건너온 지하철이 속도를 줄이며 역으로 들어왔다.

낮이라 그런지 사람은 그리 많지 않았다.

스크린도어가 열리고 이종원은 곧바로 지하철에 탔다.

다른 문을 이용해 박경훈도 지하철에 올랐다.

하상수는 문이 닫히기 직전 지하철에 탔다. 그때까지 살펴본바 이종원을 신경 쓰는 듯한 사람은 눈에 띄지 않았다.

이종원은 신림역에서 내렸다. 거기서 택시로 갈아탔다. 그제야 그의 목적지가 J고일지도 모른다는 생각이 들었다. 나진석이 양유라를 차로 친 그곳일지도 모른다는 생각도 잠깐 했지만 이내 고개를 저었다. 그곳에 이종원이 가야 할 이유가 없었다. 억지로 생각을 짜 맞춰도 그럴듯한 이유는 떠오르지 않았다.

하상수의 예상처럼 이종원을 태운 택시는 J고 앞에서 멈췄다. 이종원은 정문 옆 수위실 유리창에 대고 몇 마디 나누더니 곧장 학교로 들어갔다. 얼마쯤 후 이종원이 그랬던 것처럼 박경훈도 똑같은 과정을 거쳐 학교로 들어갔다.

하상수는 주위를 둘러보았다. 혹시나 싶어 멀찌감치 서 있는 차나 택시가 있는지도 살폈다. 수상쩍은 차는 눈에 띄지 않았다. 하상수는 무겁게 숨을 내쉬곤 앞의 두 사람이 그랬던 것처럼 똑같은 과정을 거쳐 교문을 통과했다.

그때 앞쪽에서 다급한 목소리가 들렸다.

"서! 이종원! 거기 서!"

학교 건물 왼쪽은 운동장이었고 오른쪽은 3미터 높이의

연두색 그물 철망이었다. 박경훈은 그물 철망 앞에서 소리만 질러대고 있었다.

하상수는 부리나케 그쪽으로 뛰어갔다.

"이종원은요? 도망쳤어요?"

"사라졌어요. 담을 넘는 걸 보고 뛰어왔는데, 순식간에 눈앞에서 사라지더라고요."

그물 철망 저편은 수풀로 빽빽했다. 나무와 풀이 그들의 추격을 방해하는 사나운 짐승들처럼 보였다.

"갑자기 왜 도망친 걸까요? 날 나진석으로 착각한 건가?"

착각?

그럴지도 모른다. 이것이 맞추지 못한 퍼즐 조각이 아닐까.

한 가지는 분명했다. 이종원이 미행을 눈치챘다는 것. 그리고 어쩌면 박경훈을 나진석으로 착각했을지도 모른다는 것.

하지만… 아! 퍼뜩 깨달았다.

"속았어요. 우리가 속은 겁니다."

미행을 한 것이 아니라 오히려 이종원의 유인작전에 넘어갔다. 이종원은 자신에게 형사가 달라붙었다는 걸 처음부터 알고 있었다.

그는 일부러 형사들을 유인하여 떨궈냈다. 형사를 떨궈내야 하는 이유는? 그래야만 만날 수 있는 사람이 있기 때문이다. 그리고 그 사람은 오직 한 사람뿐이었다.

"나진석!"

박경훈이 외쳤다.

"늦었지만 정답이네요."

궁금했다. 이종원이 나진석을 만나려는 이유가 무엇일까? 사냥감이 사냥꾼을 불러들인 것인가? 만일 사냥감이었던 자가 작정하고 사냥꾼이 되기로 한 것이라면? 끝장을 보겠다는 것이다. 나진석을 죽이든 그의 손에 자기가 죽든.

"하 형사님. 아무래도 나진석이 이종원에게 연락을 한 것 같아요."

"왜요? 나진석이 이종원에게 연락했고 약속 장소를 정했다면, 이종원이 굳이 우릴 따돌릴 이유가 없잖아요. 오히려 우리에게 미행당해 그곳으로 데려가는 게 자신에게 좋은 거잖아요."

그래야 위험부담도 줄어든다.

"이종원이 우리 몰래 나진석을 만나야 할 이유가 반드시 있다는 거겠죠."

"그러니까 그 이유가 뭐냐, 이거죠."

한 가지 전제라면 가능했다. 형사들 모두가 의심하듯이 세 사람의 목격자, 그들의 증언이 거짓이라는 전제.

"그렇다면 그 증언이 거짓이라는 증거를 나진석이 확보하고 있다는 거겠죠. 그래서 이종원은 우리 몰래 나진석을 만나야만 하는 것이고요."

박경훈이 동의한다는 듯 고개를 끄덕였다.

"충분히 가능성 있는 추측입니다."

자존심 때문인지 추측이라는 단서를 달았지만.

여기에 한 가지 의문이 있었다. 나진석이 어떻게 그 증거를 확보했느냐 하는 것.

그리 오래 생각할 문제는 아니었다.

"역시 죽은 두 명의 목격자겠죠?"

"그렇겠죠. 그 두 사람밖에 없으니까요."

나진석은 배기찬과 서도영을 살해하기 전 진실을 밝힐 것을 요구했을 것이다. 배기찬과 서도영이 죽음을 앞에 두고 도박을 한다?

배기찬은 가능했을지 몰라도 서도영은 나진석에게 배기찬의 죽음을 전해 들었을 것이다. 어쩌면 나진석이 죽은 배기찬의 모습을 찍어 보여주었을지도 모른다.

나진석이 서도영의 증언 동영상을 찍어 이종원에게 보냈다면? 이후 단둘이 만나자고 제안했다면?

이종원은 결코 거절할 수 없었을 것이다. 오히려 이종원은 나진석을 만나 끝장을 보고자 작정했을 것이다.

"찾아야 해. 찾아야 해요!"

하상수가 갑자기 목소리를 높였다. 박경훈이 그런 그를 향해 고개를 흔들며 혀를 찼다.

"오버하지 마시고요."

"눈치 빠르시네요."

"제가 바보입니까, 그걸 모르게."

"근데요, 이종원이 왜 여기로 왔을까요? 하필이면 왜 여기였을까요? 아무런 이유가 없이 여기로 온 걸까요?"

"그야, 이 근처에서 뭔가 꿍꿍이를 부리려는 수작이겠죠."

하상수가 손가락을 부딪쳐 딱, 소리를 냈다.

"바로 그겁니다! 둘이 만나는 장소. 여기서 먼 곳이 아닐 겁니다."

"그럼 지금쯤 둘이 만났을지도 모르겠네요."

"둘이 작정하고 죽기 살기로 붙었을 가능성도 배제할 수 없고요."

"누가 이길까요?"

"그게 중요한 게 아니죠. 우린 아무래도…."

"그렇죠. 둘 다 움직이지 못할 정도로 부상을 당하는 게 제일 좋은 결과겠네요."

"그걸 희망하면서 이제 움직이죠."

"그러죠. 혹시 모르니까, 조금은 서두르고요."

박경훈이 그물 철망을 붙잡고 위로 올라가려고 했다. 그때 엉뚱한 목소리 하나가 끼어들어 두 사람의 바쁜 몸을 붙잡았다.

"이봐! 당신들 뭐야?"

학교 수위였다.

"멀쩡한 문을 놔두고, 왜 거길 넘어가요? 보아하니 땡땡이치는 학생들도 아닌 것 같은데."

차분히 설명할 시간이 없었다.

"죄송합니다. 아저씨가 이해하세요."

"이해고 뭐고, 거길 넘어서 대체 어디로 가려고요?"

그러고 보니 그의 말이 옳았다. 찾긴 찾아야 하는데 대체 어디로 가야 그 두 사람을 찾을 수 있는 걸까.

하상수와 박경훈은 이 산을 알지 못했다. 산에 무엇이 있는지, 길은 어디로 어떻게 뻗어 있는지 무지했다.

"아저씨, 여기를 넘어가면 어디로 갈 수 있습니까?"

"많죠. 정상 쪽으로 가다 보면 각종 체육시설이 있는 공원 같은 곳이 나오고, 거기에 약간 못 가선 약수터도 있고요. 약수터 길이 세 갈래인데, 약수터를 바라보고 왼쪽 길로 가면 큰 배드민턴장이 있고, 가운뎃길로 가면 실내 배드민턴장이 있어요. 실내 배드민턴장은 규모가 작지만…아, 거긴 지난번 폭우 때문에 무너지고 아직 안 고쳤다고 하는 것 같던데….”

감이 왔다. 무너진 실내 배드민턴장.

두 사람이 만난다면 사람의 발길이 닿지 않는 그곳이어야 했다.

“아저씨, 부탁이 하나 있는데요.”

하상수와 박경훈은 서로 마주 보았다가 동시에 뭔가를 수위 아저씨에게 내밀었다.

“협조 부탁드립니다.”

두 사람이 동시에 외쳤다.

그렇게 수위는 길 안내 담당 임시 형사가 되었다.

수위 덕분에 그리 어렵지 않게 배드민턴장을 찾았다. 사계절용인지 번듯하게 건물로 지었다. 건물이 꽤 컸지만 숲에 가려져 두 사람뿐이었다면 결코 쉽게 찾지 못했을 거였다.

“수고하셨어요. 이제 그만 돌아가 보세요. 임시 형사는 그만두고 이제 본업으로 돌아가셔야죠.”

“맞아요. 더는 위험해서 안 돼요. 고생하셨고, 그럼 조심해서 돌아가세요."

두 사람의 냉정한 태도에 수위가 투덜거렸다. 돌아서서 걷는 수위의 투덜거림에 잔뜩 욕이 섞였다. 두 사람은 애써 못 들은 척했다.

"일해야죠."

"그래야죠."

배드민턴장 문은 굳게 닫혀 있었다. 안으로 들어갈 수 있는 틈을 찾았지만 찾지 못했다.

두 사람은 배드민턴장 벽에 귀를 대고 소리를 엿들었다. 소리는 예상했던 것보다 잘 들렸다.

두 사람은 상황을 파악할 때까지 대화를 들어보기로 했다.

─그래 그렇다고 칩시다. 그래도 제자가 나쁜 짓을 저지른 건 선생의 잘못 아냐? 선생이 얼마나 선생 같지 않았으면 제자가 그런 짓을 저질렀겠어? 안 그렇습니까, 나 선생?

내용으로 보아 이종원의 목소리였다.

─네 말이 맞아. 난 선생 자격이 없어. 너희 같은 놈들을 제대로 교육시키지 못했으니까. 하지만 내 아내와 딸은 아니지. 너희 같은 쓰레기들 때문에 그 두 사람이 죽어야 할 이유는 없었어.

—우리가 죽인 것처럼 말하네. 흥! 이것 봐, 나 선생. 그건 억지야. 당신 부인과 딸이 죽은 건 우리 때문이 아니라 바로 당신 때문이야. 남편에 대한 믿음이 오죽 없었으면 그랬을까. 그래서 스스로 죽어버린 거잖아. 내 말이 틀려?

 —그래, 난 남편도 아빠 자격도 없는 놈이지. 재판을 시작하자마자 얼마 지나지도 않았는데, 아내와 딸이 죽어버렸어. 다 내가 못난 탓이지. 그래서 장례식장에도 가지 못했어. 부끄러워서? 아니, 그건 아냐.

 잠시 말이 끊어졌다가 다시 이어졌다.

 —아내는 차 안에 번개탄을 세 개 피웠다더군. 내 아내는 늘 공평했어. 늘 똑같이 나누고 똑같이 가졌지. 그런 사람이 번개탄 두 개도 아닌 세 개를 왜 준비했겠어.

 —뭐야? 일부러 세 개를 준비했다는 거야? 무슨 개그도 아니고….

 —하나는 자기 거, 하나는 딸 거, 나머지 하나는 내 거였어. 그날, 난 죽은 거야. 그래서 장례식장에 못 갔어. 너희는 내가 죽인 게 아냐. 귀신인 내가 죽인 거지.

 —이거 완전히 미친놈이네. 귀신은 무슨. 이거 정말 수학이 아니라 개그를 가르쳤어야 하는 거 아냐?

 하하하하.

 웃음소리가 났다. 그것이 신호였던 것일까. 갑자기 안에서 우당탕탕 하는 소리가 들렸다. 본격적인 싸움, 아니 결투가 시작됐다. 꽤 거친 욕설도 들렸다.

하상수와 박경훈은 가위바위보를 했다. 사실 두 사람은 안으로 들어갈 수 있는 마땅한 곳을 찾았다. 그곳은 일종의 환기구 같은 곳이었다. 2미터 위쯤에 있었는데, 두 사람이 협력한다면 얼마든지 안으로 들어가는 게 가능했다.

상황이 다급했기에 가위바위보는 빠르게 진행됐다.

하지만 쉽게 승부가 결정되지 않았다.

여러 번의 가위바위보 끝에 결국 하상수가 이겼다.

"와우!"

박경훈이 짜증을 냈지만 그렇다고 어깨를 내주는 걸 거부하지는 않았다. 하상수는 아무렇지 않게 그의 어깨를 밟게 올라갔고, 잠시 후에는 손을 뻗어 박경훈을 위로 끌어올려 주었다.

두 사람은 잠시 그 위에 쪼그리고 앉아 결투를 구경하며 상황을 살폈다.

"아무래도 더는 안 되겠어요

"그러게요. 이제 참견 좀 하죠."

두 사람은 동시에 아래로 뛰어내렸다.

그러고는 총을 꺼냈다. 하상수가 방아쇠를 당겼다.

탕!

요란한 총성이 배드민턴장을 요란하게 울렸다.

"멈춰!"

이종원이 나진석의 몸을 올라타고 앉아 막 칼끝을 목에 쑤셔 넣으려는 찰나였다.

하상수는 허공을 향해 다시 한번 방아쇠를 당겼다.

탕!

"이종원! 실수로라도 손가락 까딱하면 너도 그 즉시 내 손에 죽어!"

하상수가 엄포를 놓고는 옆의 박경훈에게 눈짓으로 신호했다. 박경훈이 살짝 고개를 끄덕이더니 하상수에게 조심스럽게 움직였다.

"이종원. 조용히 일어나서 천천히 뒤로 물러나. 어서!"

이종원은 하상수의 말에 따르지 않았다. 성난 황소처럼 콧등을 찡긋거리며 볼을 실룩거렸다.

하상수는 다시 한번 경고했다.

"어서 물러나! 아니면, 발포한다!"

하상수는 겁을 주기 위해 총구를 이종원의 얼굴을 향해 겨눴다. 박경훈은 이제 손만 뻗으면 이종원에게 닿을 수 있는 거리까지 접근했다. 이종원은 불안한 시선으로 두 형사를 번갈아 보았다. 그때 박경훈의 눈이 화들짝 커졌다. 동시에 그의 입에서 다급한 신음 소리가 새어 나왔다.

"허억."

박경훈은 무엇인가를 붙잡으려는 사람처럼 한 손을 앞으로 쭉 뻗은 상태였다. 그의 손끝은 이종원의 손끝에 닿아 있었다. 하상수의 시선도 박경훈의 시선과 같은 곳에 붙박혀 있었다.

"아니야! 난 아니라고!"

이종원이 벌떡 일어서며 악을 썼다. 나진석의 목에서 꿀럭꿀럭 핏물이 솟구쳤다. 나진석의 얼굴과 목과 가슴이 금세 핏물로 뒤덮였다. 이종원이 들고 있는 칼에서도 핏물이 뚝뚝 떨어지고 있었다.

"봤잖아! 난 아냐! 난 손가락 하나 꿈쩍하지 않았어. 내가 아니라 이 새끼가 한 거야. 내 손을 잡고 자기가 잡아당긴 거라고. 난 안 죽였어. 안 죽였다고!"

이종원은 제정신이 아니었다. 칼을 허공에 마구 휘둘렀다. 박경훈이 훌쩍 뒤로 두세 걸음 물러났다.

사람이 죽었다. 누가 죽였든 어떻게 죽었든 눈앞에서 사람이 죽었다. 나진석을 죽이려고 작정했어도 생각과 현실 사이에는 항상 차이가 존재한다.

"진정해! 진정하라고. 그래, 봤어. 봤으니까, 진정하고 칼… 바닥에 내려놔. 어서!"

하상수는 흥분한 이종원을 달랬다. 그래 봤자 효과는

없었다. 오히려 의심이 발동했는지 이종원은 적개심이 가득한 눈빛으로 하상수를 노려보았다.

하상수는 침착하게 이종원을 설득했다.

"칼, 내려놔. 그것만 내려놓으면 아무 일도 없을 거야. 내 말 들어! 안 그러면 널 쏠 수밖에 없어. 너도 죽긴 싫잖아. 안 그래?"

이번에는 효과가 있었다. 이종원이 고개를 돌려 하상수와 박경훈을 살피더니 괴성을 내질렀다.

으아아아악!

괴성은 곧 울음소리로 바뀌었다. 그것은 또다시 이종원의 체념으로 변했다. 고개를 떨구자 두 팔이 길게 늘어졌다. 손아귀가 풀리며 칼이 뚝 바닥으로 떨어졌다. 그 순간 박경훈이 달려들어 단숨에 이종원을 제압했다.

얼굴이 바닥에 밀착된 상태로 이종원이 고래고래 소리를 질렀다.

"이게 무슨 짓이야? 나한테 왜 이래? 미쳤어? 난 잘못한 게 없어! 없다고! 봤잖아? 봤으면서 왜 이러는 거야? 난 안 죽였다고!!"

"응, 그래 그래. 가만있어. 잘잘못은 나중에 생각해. 착하지."

발버둥 치는 이종원을 박경훈이 달렸다.

다가온 하상수가 인상을 찌푸린 채 죽은 나진석을 내려다보았다. 나진석의 주머니가 볼록했다. 그것이 무엇인지 알았다.

주머니에서 꺼낸 것은 휴대폰이었다. 몇 번 손가락을 움직이자 동영상이 재생되었다. 스피커를 통해 배기찬의 목소리가 흘러나왔다.

─유라를 강간하자고 한 거, 다 종원이 그 자식이 꾸민 짓이에요. 그 자식이 유라를 강간하고 우리한테도 하라고 했는데, 차마 그럴 수 없었어요. 머뭇거리는 사이 유라가 도망쳤고, 우린 무작정 유라를 쫓아갔어요. 왜 쫓아갔는지 모르겠는데 그냥 쫓아갔어요. 그러다 유라가 그만⋯ 난간을 못 봤나 봐요. 난간에 몸이 걸리더니 그대로 도로로 떨어지더라고요. 그때 나 선생님 차가 온 거고요. 종원이 그 자식이 나 선생님이 한 짓으로 덮어씌우자고 했어요. 그래야 우리가 무사할 수 있다면서요.

더는 들어볼 필요도 없었다. 모든 퍼즐 조각이 완벽하게 맞춰졌다.

"이종원, 너를 나진석의 살해범으로 체포한다."

하상수가 수갑을 꺼냈다. 이종원의 손목에 수갑을 채우려고 하는데, 철컥 박경훈이 먼저 수갑을 채웠다.

"야. 뭐야?"

"뭐?"

"내가 수갑 꺼냈잖아."

"난 이미 꺼내놓고 있었어."

"거짓말."

"진짜야."

"새빨간 거짓말."

"억울하면 너도 채우면 되잖아."

"아!"

그제야 하상수도 이종원의 팔목에 수갑을 채웠다.

이종원이 강하게 반발했다.

"무슨 개수작이야! 너희들도 봤잖아? 난 안 죽었다고! 난 안 죽었다니까!"

"아니. 넌 방금 사람을 죽였어. 그것도 두 형사가 버젓이 두 눈 뜨고 지켜보고 있는 곳에서. 그치?"

박경훈이 하상수에게 동의를 구했다.

"100퍼센트 진실. 형사는 거짓말 안 해."

하상수가 맞장구를 쳤다.

이종원이 버럭 소리를 질렀다.

"지금 무슨 개소리를 하는 거야? 진실을 너희들 멋대로 조작해도 돼? 너희들 경찰 맞아? 엉? 좋아, 그래 좋다고. 너희들이 진실을 조작한다고 해도 이건 정당방위야. 저 새끼가 날 죽이려고 했다고! 그러니까 난 정당방위야, 정당방위!"

하상수가 대꾸했다.

"내가 본 건 나진석의 몸을 깔고 앉아 목에 칼을 겨누고 있던 네놈의 모습이었어. 그 상태에서 정당방위는 좀 우습지 않아?"

"맞아. 내가 본 것도 그거였어."

이번에는 박경훈이 맞장구를 쳤다.

"그건 나를 죽이려고 하니까, 싸우다가…."

하상수가 이종원의 말을 낚아챘다.

"깔고 앉아."

박경훈이 또다시 맞장구를 쳤다.

"죽였지."

둘은 척척 합이 잘 맞았다.

이종원이 악을 쓰듯 소리쳤다.

"말도 안 돼! 너희들! 형사라는 것들이 지금 살인마 편을 드는 거야? 그게 말이 돼!!"

박경훈이 길게 한숨을 내쉬었다. 하상수가 이종원의 뒤통수를 때린 것은 그때였다.

"야, 이 나쁜 새끼야! 나진석이 살인마라면 넌 대체 뭐냐? 넌 네가 대체 뭐라고 생각하는 거야?"

박경훈도 그 점이 궁금한 지 이종원의 다음 말을 기다
렸다.

"난…."

하지만 이종원의 말은 이어지지 못했다.

하상수가 냅다 이종원의 뒤통수를 또다시 후려쳤다.

"살인마 새끼!"

박경훈도 똑같이 이종원을 뒤통수를 후려쳤다.

"나쁜 살인마 새끼!"

* *
*

여러 기사가 떴다. 대부분의 기사 내용은 비슷했다. 살
인마는 전직 선생이고, 이자가 교도소에서 나오자마자 또
다시 두 건을 살인을 저질렀고, 마지막 살인을 저지르려다
가 역으로 당해 죽임을 당했다는 내용이었다.

대전과 제주도의 높으신 분들의 진정한 공조였다. 이것
이 팩트가 아닌 것은 아니었지만, 결국 십 년 전의 진실은
또다시 묻혔다.

하상수는 기사를 보면서 한숨을 쉬었다. 댓글을 썼다
지웠다 하면서 자꾸 한숨만 쉬었다.

십 년 전에 여고생이 죽었습니다.. 그리고 모녀가 죽었습

니다. 이때 한 남자가.. 마음은 죽었는데 몸은 죽지 못한 한 남자가 있었죠... 십 년 후에 두 남자가 죽었습니다. 이때 십 년 전에 죽었는데 죽지 못했던 그 남자.. 결국 죽었습니다. 십 년 전에 죽은 모녀는 이 남자의 부인과 딸이었습니다..

눈을 꾹 감고 마우스를 클릭했다. 댓글이 올라갔다.

기다려 봤지만 아무도 그의 댓글에는 반응하지 않았다.

"역시 그렇군."

하상수는 마우스를 클릭해 자기가 쓴 댓글을 삭제하려고 했다. 이미 수없이 같은 짓을 반복했다. 하지만 이번에는 달랐다. 누군가 '좋아요'를 눌렀다. 딱 한 사람, 그럴 수 있는 사람이 있었다.

도망친
시체

오늘은 '1일'이다.

특별한 날이 시작되는 첫날.

**

모든 1일은 행복하다. 그녀와의 1일도 예외는 아니었다.
그녀와 사귀면서 1일은 빠르게 100일이 됐고, 그렇게 200
일째 되는 날 결혼식을 올렸다.

결혼해서 반년쯤 행복했고, 일이 년간 자주 삐걱거리며
다퉜고, 그러면서 누가 먼저랄 것이 없이 이혼이라는 얘기
가 입에서 나왔다. 그래도 곧바로 이혼 도장을 찍은 것은
아니다. 데면데면하다가도 우린 밤이면 같은 침대에서 잤
으니까.

그렇다고 침대가 부부 사이의 모든 것을 해결해 주는 만병통치약은 아니다.

처음 이혼이 언급됐던 날, 나는 천천히 그러나 치밀하게 이혼을 준비했다.

결혼생활 4년 반쯤 지났을 즈음에는 모든 '계산'도 끝났다.

어느 날 이혼서류를 챙겨 퇴근했다.

차하영은 어쩐 일로 집에 있었다.

그녀 앞에 앉아 당당하게 이혼서류를 꺼내놓을 생각이었다.

―네 죄는 네가 알겠지? 그러니 순순히 도장 찍어!

이런 눈빛으로 지그시 그녀를 바라보고 싶었다.

그런데 그녀가 선수를 쳤다. 탁자 위에는 이혼서류와 커다랗게 숫자를 써놓은 A4 종이 한 장이 있었다. 숫자는 내 전 재산의 반쯤으로 추정되는 액수. 그러니까 '계산'을 끝낸 건 차하영도 마찬가지였다.

차하영을 너무 얕잡아봤다. 그녀는 몰래 사두었던 땅과 주식은 물론 시세도 정확히 꿰고 있었다.

나는 순순히 이혼서류에 도장을 찍었다. 한동안 충격에 휩싸여 종이의 숫자를 보고 또 보았다.

억울했다. 뒤통수를 맞은 기분. 내 재산을 강탈당하는

기분. 마음속에서 살의가 번득였다. 여우 같은 차하영이 여우처럼 말했다.

"나 죽이고 싶지? 그러지 마. 나 때문에 석주 씨 인생 망치고 싶어? 혹시 몰라서 우리 집에도 말해놨어. 내가 안 보이면 당신이 나 죽인 거니까, 철저하게 알아보라고. 우리 엄마 성깔 알지?"

액수가 문제였다. 결코 적지 않다. 은행에 다니면서 모은 돈과 일찌감치 홀로 된 어머니가 돌아가시면서 남겨주신 유산까지 합한 금액이 100억이 넘었다. 차하영은 50억이 약간 넘는 액수를 요구했다.

1억도 아까운데 50억이 넘는 거액이라니.

결혼하고서 자기 손으로 백 원도 벌지 않은 여자였다. 가당치도 않았다.

재판으로 갈까?

이런 생각이 자연스럽게 떠올랐다. 하지만 여기에는 약간의 문제가 있었다.

결혼계약서.

결혼 전 계약서를 작성했다. 공증까지 받았다. 이혼하게 되면 재산 형성의 기여도와 상관없이 모든 재산을 정확히 반으로 나눈다는 내용이 계약서에 적혀 있었다.

마지막 여자이고 마지막 연애일 줄 알았다. 그놈의 사

랑, 영원할 줄 알았다. 그래서 기꺼이 도장 찍고 공증까지 받았다.

착각이었다. 무엇에 홀린 것이 분명하다. 아니면 미쳤었 거나.

"깔끔하게 정리해."

법원에서 나오면서 그녀가 경고하듯 내게 말했다.

곧바로 나는 이혼전문 변호사를 찾았다. 혹시나 기대했 지만 상담 결과는 역시 실망스러웠다.

—깐깐한 여자랑 결혼하셨네요. 이거 져요. 무조건 달라 는 대로 주세요.

여자를 잘못 선택한 대가치곤 손해가 너무 컸다.

결혼생활 내내 차하영은 놀았다. 하루도 빠지지 않고 바 깥출입에 바빴다. 밤낮을 가리지 않고 친구들을 만났다. 친구들은 영화나 드라마에 나오는 배우이거나 매니저이거 나 대표였다.

그녀는 배우였다. 드라마와 영화에 몇 번 출연한 적이 있었지만 아무도 얼굴을 기억하지 못하는 전직 배우.

차하영은 결혼 후에도 자신의 꿈을 포기하지 않았다. 걸 핏하면 술에 취해 들어왔고, 들어오는 시간도 제멋대로였 다.

기억하는 몇 번은 아침에 들어왔다. 밤새 누구와 있었느냐고 물었던가? 그랬을 것이다. 그녀의 대답은 "친구"였던 것 같다. 친구와 뭘 했느냐고 캐물었던가? 아마 그랬을 것이다. 차하영은 "그냥 커피 마셨겠지."라고 대답했을 것이다.

하하. 밤새도록 친구와 커피만 마셨다? 뻔한 거짓말이었다. "친구 누구?" 캐물었을 것이다. 그때의 차하영의 표독한 표정을 정확히 기억한다. 그녀가 했던 말도 토씨 하나 틀리지 않고 기억한다.

─너, 의처증 있니? 그래서 꼬치꼬치 캐묻는 거야? 그럼 이해하는데, 너 나 믿는 게 좋아. 난 말을 안 하면 안 했지, 거짓말은 안 하는 여자야.

거짓말은 안 하는 여자.

차하영은 걸핏하면 이 소리였다.

어쨌든 이 소리가 나오면 일단 그것으로 신경전은 끝이다. 성질 더러운 인간 같으면 폭력이라도 휘두르며 그 새끼가 누구냐, 어서 실토해라 윽박지르며 추궁했겠지만 나는 결코 그런 짓 따위 하지 않았다.

사람이 순하고 인자해서? 비폭력주의자라서? 페미니스트라서? 아무런 상관 없다. 차하영의 말을 믿는 것도 아니다. 단지 이를 악물고 참았을 뿐이다.

이유는?

부끄럽게도 나는 차하영의 상대가 되지 못했다. 완연한 힘의 차이가 적당한 타이밍에서 입을 닫게 했다.

차하영은 50부작 사극에 출연한 적이 있었다. 그때 쓸데 없이 검도와 승마를 배웠다고 했다. 쓸데없이, 라고 한 이 유는 그 드라마에서 그녀가 배운 검도와 승마 솜씨를 뽐 낼 기회가 전혀 없었기 때문이다.

어쨌든 그녀의 이런 과거를 알지 못한 채 한때 겁 없이 덤볐고, 그 결과는 비참하고 처참했다. 그녀가 휘두른 목 검에 온몸이 만신창이가 됐고, 보름 가까이 끙끙 앓아누 워야 했다.

내가 참은 또 다른 이유는 무슨 고난이 닥쳐도 결혼생 활을 유지하겠다는 굳은 의지와 각오 때문이었다. 이게 사 실인지 아닌지 내 자신도 잘 모르겠지만, 한때 그랬던 건 사실이다.

아무리 의지와 각오가 굳건해도 분명 한계는 있는 법이 다.

차하영의 몰지각한 행동은 거기가 끝이 아니었다.

그녀는 점점 더 대담하게 행동했다.

밥 먹듯이 외박을 하는 것은 물론이요, 다른 남자의 흔 적도 아무렇지 않게 묻혀왔다.

어느 날 샤워하고 나온 차하영의 엉덩이에서 타인의 잇자국을 발견했다. 어떤 못된 개한테 물리기라도 했던 걸까? 물론 그럴 리 없었다. 그것은 분명 사람의 잇자국이었다. 그 상흔을 보면서 어금니를 깨물었다. 지그시 이혼을 결심했다.

협의이혼확인서를 받은 뒤 3개월의 숙려기간 동안 한집에서 살았다. 가끔 서로의 합의하에 침대를 같이 썼다. 다른 남자하고도 하는데, 이혼 중인 남편과 못 할 이유는 없었다. 하지만 그것뿐이었다.

그사이 나는 나름 바빴다. 음모를 착착 진행했다.

차하영 모르게 직장을 그만뒀다. 명예퇴직을 신청해서 퇴직금과 플러스알파를 챙겼다. 이 돈의 일부를 한 사람에게 계약금이자 선수금으로 건넸다.

—꼭 죽여주세요.

—염려 마세요. 이런 일은 서로 믿고 하는 겁니다. 믿으세요.

기필코 차하영을 죽이고 싶었다.

차하영을 죽이는 방법에 대해 고심하고 또 고심했다. 영화와 드라마, 추리소설을 눈이 빠지게 보고 읽었다.

사람을 죽이는 방법은 참으로 많았다. 안타까운 건 완전

범죄가 생각했던 것보다 몹시 어렵다는 것이다. 사실 거의 불가능에 가까웠다.

이것을 깨닫고 좀 더 소프트한 방법을 고민했다.

인터넷을 뒤지며 킬러를 수소문했다. 심부름센터 같은 곳에도 꽤 많이 연락해서 확인했다.

하나같이 신통찮은 결과였다. 어떤 놈은 나를 미친놈 취급했고, 또 어떤 놈은 농담인지 진담인지 말도 안 되는 거액을 대가로 요구했다.

그러다 그자를 만났다.

찜질방 욕탕 속에서의 우연한 만남이었다.

그와 나는 안경을 벗고 있었고, 좋지 못한 시력 탓에 서로를 알아보지 못했다. 인연은 인연이었는지 한순간 무엇에 이끌린 사람처럼 왝 고개를 돌렸을 때 비로소 서로를 알아보았다. 서로의 얼굴을 마주 본 순간, 모든 계획이 눈앞에서 좌르륵 떠올랐다.

그의 이름은 서근호.

한때 중소기업을 운영했다. 사업자금으로 여러 번 대출도 해줬다. 안타깝게도 그가 운영하던 회사는 끝내 부도가 났다.

엎친 데 덮친 격이랄까. 그의 아내마저 바람이 났다. 그의 아내는 그나마 있던 재산을 챙겨 바람난 남자와 도망쳤다. 바람난 남자, 그의 밑에서 영업책임자로 일하던 조 부장이었다.

충격이 컸던 것일까. 그날 이후 서근호의 소식을 듣지 못했다.

"여긴 어쩐 일로…."

휴게실에서 식혜를 나눠 먹으며 그간의 사정을 좀 더 자세히 들을 수 있었다.

짠한 스토리였다. 아내와 조 부장을 찾아 방방곡곡을 돌아다녔다나.

"그 두 연놈을 찾아봤자 아무 소용 없다는 거 알죠. 알면서도 그렇게 하지 않으면 화병이 나서 미쳐버릴 것 같아서, 어쩔 수 없이 그렇게라도 할 수밖에 없더라고요."

결과는?

"우리나라 지도라는 게 일이 초면 그리잖아요. 그 조그마한 땅덩어리가 생각보다 넓더라고요. 그래서 부동산투기가 끊이지 않았던 건가요?"

"글쎄요."

"도통 찾을 수가 없더라고요. 우리나라 땅 넓어요. 좁다고 하는 놈들, 안 돌아다녀 봐서 그런 겁니다. 작정하고 숨으면 아무도 못 찾아요."

그 말을 듣는 순간 머릿속에서 우르르쾅쾅 쩍쩍 천둥번 개가 쳤다. 그것은 영감이었다.

그동안 어떻게 차하영을 완벽하게 죽일 것인가. 이 문제 로 골머리를 앓았다. 그야말로 내 머릿속은 완전범죄가 가 능한 방법이 무엇인지 가득 차 있었다.

회사 동료들과 밥이나 술을 먹으면서, 공원 벤치에 앉아 멍을 때리면서도, 출퇴근길에 하품하면서도, 옥상에서 담 배 미팅을 하며 상사들 욕을 하면서도, 항상 그 생각이 머 릿속 한쪽에 웅크리고 있었다.

사람들의 사소한 행동 하나하나에도 살인에의 이유를 생각했고, 그때마다 영화나 드라마, 추리소설에서 봤던 살 인 방법과 연계하여 고심했다.

하아. 누군가를 죽인다는 것, 결코 쉬운 일이 아니었다. 완전범죄는 살인보다 백 배, 아니 천 배쯤 어렵다는 걸 반 복해서 깨달았을 뿐이다.

그런데 인간극장에서나 봄직한 서근호의 스토리를 듣는 순간 아! 하고 단박에 실마리를 잡았다. 확실히 전하고는 차원이 다른 힌트였다.

어리석었다. 왜 되지도 않을 것들에 매달려 머리를 혹사 시켰던 것일까? 나는 나를 질책했다.

완전범죄는 살인에의 방법에 있는 것이 아니었다. 어떻

게 숨느냐, 이게 중요했다. 서근호의 아내와 조 부장처럼 어떻게 숨느냐 하는 것이 핵심이었다.

숨는다. 아무도 찾지 못하는 곳에. 왜 이 간단한 걸 몰랐던 것일까.

－그 두 사람 잘 살고 있을까요?

－둘이 숨었으니 알콩달콩 잘 살고 있겠죠.

혹시 몰라 서근호에게 확인했던 건데, 이 대답을 듣는 순간 아! 하고 또 다른 깨달음을 얻었다.

둘이 숨었으니! 이것이 핵심이었다.

혼자서는 안 된다. 혼자서 숨는 건 가능하나 혼자서는 외롭다.

누구하고 숨어야 하나? 서근호는 아니었다.

마땅히 함께 숨어줄 사람이 없었다.

"이럴 줄 알았으면 차하영처럼 친구들을 만나 밤새도록 커피라도 마실걸."

혼잣말이었는데 굳이 서근호가 반응했다.

"예? 김 형, 지금 뭐라고 했어요?"

"아니, 아무 말도 아니에…."

그때 보았다. 서근호의 얼굴에서 눈을 뗄 수 없었다. 이 얼굴 어디서 봤더라? 분명 봤는데, 엄청 많이 본 얼굴인데 어디서 봤는지 퍼뜩 떠오르지 않았다.

서근호도 나와 비슷한 생각이라도 하는지 표정이 엇비슷했다. 그때 서근호의 회사가 부도처리가 되고 나서 지점장이 내게 했던 볼멘소리가 떠올랐다.

−김 대리, 서 사장과 배다른 형제, 뭐 이런 건 아냐? 그래서 막 대출 승인해 준 거 아니냐고?

서근호에게 두 번이나 더 추가 대출을 해줬다. 따로 담보도 잡지 않은 신용대출이었다. VIP 등급이 아니면 어림도 없는 일이었는데, 거기에 대출 기간 연장까지 해줬다. 결과만 놓고 보면 형제라고 해도 믿을 성싶었다.

왜 그랬을까.

나중에 심각하게 이 문제에 대해 고민했었는데, 이유는 딱 한 가지였다.

얼굴.

지점장뿐만 아니라 다른 동료들도 서근호가 은행에 들를 때면 농담 삼아 으레 한마디씩 했었다.

−머리카락 슬쩍 뽑아봐. 유전자 검사 한번 해보라니까.

한 사람은 금테, 다른 한 사람은 뿔테 안경을 썼는데도 이런 말을 들었다. 그런데 안경을 벗은 얼굴을 보니 이건 빼도 박도 못하는 형제의 얼굴이었다. 그뿐인가. 체격과 목소리도 비슷했다.

그간 서근호는 고생이란 고생을 참 많이도 했다. 허름한 고시원에서 살며 닥치는 대로 일을 했다. 오늘도 엑스트라로 출연하고 오는 길이라고 했다. 그러면서 운 좋게 오늘 남자 주인공의 사인을 받았다면서 싱글벙글했다.

"휴대폰은 있어요?"

"그거야 있죠. 번호는 바뀌었지만."

"이렇게 만난 것도 인연인데, 가끔 연락해요. 술도 한잔하고 그러자고요."

"나야, 뭐 싫지 않지만, 그게 형편이 좀⋯."

"제가 밥도 사고 술도 살게요. 오늘부터 어때요?"

그렇게 밥도 술도 사줬다. 다음 날도 그다음 날도 저녁에 만났다. 네 번째 만났을 때 공원 벤치에 나란히 앉아 서근호에게 한 가지 제안을 했다.

"근호 씨, 내가 도망간 와이프 죽여줄까요?"

이른바 교환살인의 제안이었다. 당연히 차하영은 서근호가 죽여줘야 한다.

농담으로라도 좋다고 할 줄 알았는데, 서근호의 반응은 예상과는 전혀 달랐다. 너무나 쉽게 그는 내 제안을 거절했다.

"말은 고마운데, 아무리 미워도 그럴 순 없죠."

그러면서 뜬금없는 소리를 덧붙였다.

"사실 일주일쯤 됐는데, 와이프가 어디에 있는지 알아냈어요."

"진짜로요? 그래, 알콩달콩 잘 산대요?"

"그런 것 같지는 않더라고요. 손에 물 한 방울 안 묻혀 본 여자가 식당에서 설거지를 한다고 하더라고요."

"조 부장은요?"

"그놈이 원래 바람둥이예요. 그 버릇 어디 간답니까. 똑같죠, 뭐."

서근호는 조 부장이 얼마나 지독한 바람둥이인지를 침을 튕겨가며 줄줄이 늘어놓았다. 결국 결론은 뻔했다. 바람난 아내는 아무런 잘못이 없고, 바람둥이 조 부장의 꼬임에 넘어간 순진한 여자였다는 것. 그 믿음에 괜히 초를 칠 필요는 없었다.

"그래서 와이프는 뭐래요? 다시 돌아오겠대요."

"많이 후회하긴 해요. 울면서 예전으로 돌아갈 수 있었으면 좋겠다고 하더라고요. 하지만 제 사정이 뻔하잖아요. 조 부장… 그놈만 아니었어요."

서근호가 으드득 이를 갈았다. 조 부장이 옆에 있다면 조금 전에 먹었던 돼지갈비 대신 불판에 구워 먹었을지도 모른다.

"근호 씨는 바람난 와이프보다 조 부장 그놈이 더 미운가 봐요?"

"당연하죠. 하루에도 수십 번씩 조 부장 그놈을 찢고 짓이겨 죽이는 생각을 해요. 친동생처럼 대해줬는데 배신을 때렸고, 또 와이프를 꼬드겨서…. 와이프한테 들으니까, 조 부장 놈은 와이프가 따로 돈을 챙겨놨을 것으로 알았던 모양이에요. 그래서 와이프를 꼬드겼던 거고요. 조 부장, 그놈! 아주 악질이에요. 솔직히 순진한 와이프는 아무 잘못도 없었던 거죠. 다 조 부장 탓입니다."

"와이프에 대한 마음이 부처님이시네요. 난 두 연놈 모두 죽이고 싶을 텐데…."

"석주 씨 와이프는 순진한 분이 아닌가 봐요. 말씀하시는 거 들어보면 와이프에 대한 미움이 느껴져요."

"아, 오해하지 마세요. 제 와이프도 근호 씨 와이프만큼 순진해요. 밤새워 친구들과 커피만 마시는 사람이거든요."

"그건 제 와이프랑 비슷하네요. 근데 왜 석주 씨가 와이프를 좋아하지 않는 것처럼 느껴질까요? 제 착각일까요?"

"근호 씨. 와이프가 순진한 것과 죽이고 싶은 마음은 다르지 않을까요? 사람마다 다 사정이 있는 거잖아요."

"그야 그렇죠."

"전 순진한 와이프가 싫어요. 죽이고 싶어요."

서근호가 깜짝 놀라 되물었다.

"죽이고 싶다고요? 정말로요? 그 말 진심이세요?"

이럴 때 어떻게 대답해야 할까. 나는 마음을 정했다.

"진심입니다. 죽일 겁니다. 반드시, 기필코 죽이고 말 겁니다! 만일 누가 나 대신 죽여준다면 그가 원하는 거 다 들어줄 겁니다."

"석주 씨는 정말로 와이프가 미운가 보다. 이해는 하는데, 너무 미워하지 말아요. 그러다 마음만 상해요."

햐, 이 어이없는 반응은 뭐지? 은근히 부아가 치밀었다.

"근호 씨는 조 부장도 용서할 수 있을 것 같아요. 그쵸?"

"아니요! 그건 절대 아니죠. 석주 씨. 입조심하세요. 함부로 막 말하지 말라고요!"

그럴 줄 알았다. 조 부장도 용서하겠다고 말했다면 진심으로 믿었을 텐데, 좀 아쉽기는 했다. 어쨌든 가능성은 있었다.

이번에도 그는 위로한답시고 비슷한 얘기를 늘어놓았다.

"참아요. 교도소에 들어가면 결국 석주 씨 인생만 망가지는 거잖아요."

"교도소에 안 가면 되죠."

"완전범죄를 얘기하나 본데, 그게 쉽지 않아요. 나도 추리소설을 숱하게 읽어봐서 안다고요."

살의가 생겼을 때 그 실천 방법을 찾기 위해 노력하는

것은 인간의 본성이나 같다. 하지만 거의 모든 추리소설은 범인은 결국 잡힌다는 것으로 끝을 맺는다.

나도 그 점을 잘 알고 있다. 그런데도 멈춰지지 않았다. 끊임없이 살해 방법에 대해 고심했다. 그 결과 여러 기발한 방법을 생각해냈다.

기발하긴 해도 역시 불안한 방법이었다. 들통 나지 않을 거라고 백 퍼센트 장담할 수 없었다. 백 퍼센트가 아니더라도 구십 퍼센트 장담할 수 있어야 하는데 그게 생각처럼 쉽지 않다는 게 문제였다.

가장 크게 걸리는 것이 처가 쪽이었다. 공증까지 받아둔 결혼계약서에 대해 처가 쪽에서도 알고 있었다. 차하영의 말마따나 그녀가 보이지 않으면 당장 경찰서에 수사를 의뢰할 가능성이 높았다.

모든 건 순리대로 풀어가는 게 좋다. 순리대로 깨끗이 죽이고, 깔끔하게 사라지는 것이다.

"그럼 다른 제안을 할게요."

"다른… 제안요?"

교환살인은 농담 삼아 던진 얘기였다. 사실은 이번이 진짜였다.

나는 내 아이디어에 대해 서근호에게 차근차근 설명했다. 서근호도 생각에 잠겼다가 가끔 질문을 하면서 내 제

안에 관심을 가졌다.

"자, 고민 좀 해보실래요."

"이런 거 오래 고민해 봤자 마음만 더 복잡해지죠. 조금만 기다려요. 생각 좀 해볼게요."

십오 분쯤 지나고 나는 돈의 액수를 높였다. 삼십 분쯤 지나고 좀 더 액수를 높였다. 한 시간쯤 지나고 나서 서근호가 나를 물끄러미 바라봤다.

"왜요?"

"더 안 올려요?"

"제가 은행원이었지 은행금고는 아닌 거잖아요."

조건을 달리해서 제안했다.

"계약금으로 5천만 원, 계약금과 상관없이 공소시효인 15년간 매달 500만씩 정해진 계좌에 입금한다. 받을 겁니까?"

합치면 9억 원이나 되는 액수였다. 그래 봤자 와이프가 가져가는 돈의 반의반에도 미치지 못했지만.

하루 벌어 하루 먹고 사는 서근호의 입장에서는 달콤한 유혹이 아닐 수 없다. 결국 그는 돈의 유혹을 뿌리치지 못했다.

"좋아요. 그 조건, 받을게요."

"그렇다면… 선제조건이 있어요."

서근호에게 선제조건으로 두 가지 요구했다.

차하영을 죽일 독극물을 구해달라는 것과 15년간 신원을 바꿔 살자는 것.

"왜 그래야 하죠? 청산가리는 이해하겠는데, 신원을 바꾸자는 건… 설마 제 와이프한테 이상한 생각을 품은 건 아니죠?"

"전 근호 씨 와이프 얼굴도 모르는데요. 제가 찬찬히 설명할 테니 들어보세요. 저는 제 부인을 청산가리로 독살할 겁니다…"

서근호는 공장을 운영하면서 여러 화학 약품들을 취급했다. 그중 독극물도 많았다. 그러니 별로 어렵지 않게 청산가리를 구할 수 있었다.

청산가리를 구하는 걸 서근호에게 맡김으로써 그를 공범으로 옭아매는 효과도 있었다. 그러면 나중에라도 엉뚱한 생각을 품지 못할 것이다.

"신원을 바꾸자는 건 공소시효 끝날 때까지 외국에서 살 생각이라서요."

앞으로 어떻게 될지 모르지만, 현재 살인의 공소시효는 15년이다. 나는 이 기간 동안 서근호의 이름으로 폼나게 살아볼 생각이었다. 그래서 내 신원으로 서근호는 이곳에 남아 있어야 한다. 그래야 공소시효 15년을 채울 수 있으니까.

"이곳에서 제 신원으로 살아가려면 딱 두 가지가 불편할 겁니다. 외국에 나갈 수 없다는 것. 범죄를 저질러선 안 된다는 것. 뭐 결코 어려운 게 아닙니다. 평생 외국에 안 나가는 사람도 많아요. 범죄를 저지르지 말아야 한다는 건 선량한 시민이라면 당연한 일이잖아요."

"그건 뭐 그렇죠. 사람 없는 지방에 가서 살면 사실 누가 알겠어요."

"제 말이 그겁니다. 하하."

나는 서근호와 계약서를 작성했다. 서로 사인하고 지장까지 찍었다.

"나도 그 심정 아니까, 협조하는 겁니다. 결코 돈 때문이 아니에요. 얼굴이 쬐끔 닮은 것도 영향을 끼쳤지만."

"쬐끔요?"

"아니, 아주 많이요."

"우리 의형제라도 맺어야 하는 거 아닙니까. 하하. 의형제는 몰라도 우리가 진정한 친구인 건 분명한 것 같아요. 진정한 친구는 음모를 함께 꾸미는 사람이잖아요. 하하."

서근호의 어쭙잖은 소리를 흘려들으며 나는 늘 갖고 다니던 계약서를 건네주었다. 서근호는 전직 사업가답게 꼼꼼하게 조항을 확인했다.

"전직 은행원답게 조항 하나하나가 아주 섬세하면서도 설득력이 있네요."

두 장의 계약서 중 한 장을 주머니에 챙겨 넣으면서 서근호가 활짝 웃었다. 그 자리에서 신분증도 교환했다. 여권과 독약, 서근호에 대한 이런저런 스토리에 대해서는 계약금과 함께 교환하기로 했다.

"계약금을 받으면 와이프와 다시 합칠 겁니다. 산골에 들어가서 내가 부처다 생각하고 집에 틀어박혀 15년 동안 살 겁니다."

"네, 믿을게요. 염려 삼아 한마디 보태면… 조 부장은 그만 잊으세요. 괜히 일이 잘못되면 근호 씨만 아니라 나도 망하는 겁니다. 우린 이제 운명공동체입니다."

"알죠. 압니다."

어쨌거나 서근호는 나와의 계약, 그러니까 돈 때문에 부처가 되기로 했다.

그의 말에 나도 조금은 위안을 받았다. 서근호가 부처라면 그럼 나는 복전함에 시주한 셈이니까.

*
**

집 안 풍경이 휑했다. 살림살이가 사라지고 남은 것은

살림살이 있었던 자리의 지저분한 흔적뿐이다. 그래도 거실 소파와 탁자는 여전히 같은 자리에 남아 있었다.

이것도 처분하려고 했는데 부동산거래를 중개했던 업소 사장이 자기가 가져가면 안 되겠냐고 해서 그렇게 하라고 했다고 한다.

나와 차하영은 소파에 앉아 테이크 아웃 해온 커피를 마셨다. 어색할 줄 알았는데 전혀 그렇지 않았다. 오히려 전보다 기분이 홀가분하고 편했다.

"자, 이거…."

수표 한 장을 탁자에 올려놓았다. 재산을 정리해서 차하영이 요구한 액수를 수표 한 장으로 가져왔다.

"은행원답게 숫자 하나 안 틀리네."

차하영은 액수를 확인해 본 뒤 수표를 백에 넣었다.

"이제 남은 건 구청에 이혼서류를 접수하는 일뿐인가? 6개월 동안 서류를 접수하지 않으면 이혼이 무효되는 거 알지?"

"그건 내가 처리할게. 오늘은 좀 바쁜 일이 있어서 안 되고, 내일 해 뜨자마자 구청에 들를게."

차하영이 선심 쓰듯 말했고, 나는 선뜻 그러라고 했다.

"그럼 어제 마시려고 했던 와인을 마저 마실까?"

"그래."

나는 미리 준비해 둔 레드 와인과 잔 두 개를 주방 싱크대 수납장에서 가져왔다. 미리 사서 그곳에 넣어두었다.

"우리의 새로운 출발을 위해 건배하자고."

차하영은 의심부터 했다.

"설마 여기에 독을 탄 건 아니겠지?"

"무슨 말 같지도 않은 소리."

나는 차하영이 보는 앞에서 와인 병을 땄다. 잔을 부딪치고는 내가 먼저 와인을 마셨다. 그제야 차하영은 자기 잔의 와인을 마셨다.

"그래, 앞으로 어떻게 살 거야? 친구가 많으니까, 외롭지는 않겠네. 재혼할 거지?"

"뭐, 그거야 상황 봐서. 당신은?"

"난 여행이나 좀 다녀오려고."

차하영이 문 쪽에 있는 캐리어를 보면서 고개를 끄떡했다.

"괜히 미안한걸. 이혼만 아니었으면 며칠 후면 크리스마스이고 연말이라 함께 해외나 다녀왔을 텐데."

마음에도 없는 소리였다. 어젯밤 차하영은 갑자기 집에서 나갔고 새벽녘에야 돌아왔다. 친구를 만났을 것이다. 친구와 폭죽이라도 터뜨리며 이혼을 축하했는지, 그녀에게서 불 냄새가 났다.

"근데 어디로 가? 해외?"

"응. 생각은 그래. 아쉬워. 내가 좀 더 잘했어야 했는데."

"지나고 나면 다 후회고 추억이지, 뭐."

"이 와인 마시면서 마지막 밤을 함께 보내고 싶었는데 아쉬워."

"미안해. 갑자기 기분이 우울해져서. 밤새 드라이브를 하니까 기분이 좀 나아지더라고."

"혼자서?"

"그럼 혼자지. 지금 나 의심해? 난 아예 말을 안 하면 안 했지 거짓말은 안 하는 여자야."

"어디 해변이라도 갔던 거야? 폭죽이라도 터뜨렸나? 아님 불장난이라도 한 거야? 몸에서 불 냄새가 장난 아니야."

"석주 씨는 그게 문제야. 의처증, 그거 심각한 병이야. 병원에 꼭 가봐. 이거 진심이야."

"뭐, 시간 나면 그렇게 할게."

"참! 석주 씨, 회사 관뒀다며?"

차하영이 마침 생각났다는 듯 물었다.

"왜? 내 퇴직금까지 반으로 나누자고 우길 거야?"

"정확히 하자면 그것도 나눠야지만, 그건 내가 손해를 감수하지 뭐."

"이혼한 뒤 그만둬도 되는 거였어. 그럼 퇴직금은 온전하게 내 돈이 되는 거고."

"그러니까 봐준다는 거잖아."

"그래. 어쨌든 고마워."

"아, 석주 씨한테 아직 말 안 한 거 있다."

"뭔데?"

"나, 일일드라마에 캐스팅됐어."

"그래? 그거 축하할 일이네."

차하영이 예쁜 건 사실이었다. 그 얼굴과 몸매에 반해 그녀를 쫓아다녔고, 그 결과 결혼계약서를 쓰고 공증까지 받고서야 결혼에 골인하게 되었지만.

"한 잔 더 해. 축하주는 받아야지."

"나 술 약한 거 알면서."

여우 같은 차하영이 그 예쁜 눈으로 나를 흘겨보며 입꼬리에 살짝 미소를 매달았다.

나는 와인을 가득 따라주었다. 조심하지 않으면 흘러넘칠 정도로 가득.

"축하가 너무 가득한 거 아냐?"

"축하는 그래야지."

와인을 한 모금 홀짝거린 차하영이 백에서 담배를 꺼내어 입에 물었다. 술을 마시면 담배를 피우는 것이 그녀의 습관이라면 습관이었다.

"응? 라이터가 없네?"

당연하다. 그녀의 백에 있던 지포 라이터는 이미 내가 다른 곳으로 살짝 옮겨놓았다.

그녀는 자리에서 일어나 라이터를 찾으러 갔다.

"안방 쪽에 가봐. 아까 거기 들어갔었잖아!"

그녀의 등에 대고 소리치며 주머니에서 조그만 병을 꺼냈다. 그 속에 든 흰색 가루를 와인 잔에 모조리 쏟았다.

청산가리였다. 그래봤자 커피 스푼으로 반 스푼밖에 안 되는 미미한 양이다. 서근호에 따르면 이 정도 양이면 코끼리 서너 마리도 죽일 수 있다고 했다.

나는 느긋하게 소파에 등에 기댄 채 앉아 와인을 홀짝였다. 담배를 뻐끔거리며 차하영이 안방에서 나오더니 내 앞에 앉아 와인 잔을 들었다.

그녀는 조금의 의심 없이 와인을 삼켰다. 그 순간을 지켜보면서 나는 심한 갈증을 느꼈다. 자꾸 침이 꼴깍꼴깍 넘어가는 바람에 들고 있던 와인을 한꺼번에 다 마셔버렸다.

효과는 단박에 드러났다.

차하영이 와인 잔을 바닥에 떨어뜨리더니 목을 움켜쥔 채 캑캑거렸다. 나를 노려보는 그녀의 눈동자에 빨갛게 핏발이 곤두서 있었다. 눈동자에는 나에 대한 불신과 저주가 가득했다.

차하영은 그 상태로 바닥에 고꾸라졌다.

나는 와인 잔을 탁자에 내려놓고 소파에서 일어났다. 일부러 가져갈 필요는 없었다. 자살이 아닌 타살이어야 하니까. 더욱이 내가 죽인 것이어야 하니까. 쓰러진 그녀를 잠시 내려다보았다. 왠지 한마디쯤 비아냥거리고 싶어 입술이 간질간질했다.

"오늘⋯ 연기 죽이는데."

나는 차하영의 백에서 수표를 꺼내어 재킷 주머니에 도로 넣었다.

"굿바이."

캐리어를 챙겨 집에서 나갔다.

문을 닫고 키를 돌려 자물쇠를 잠갔다.

잠시 열쇠 구멍을 물끄러미 내려다보았다. 집 열쇠를 가지고 있는 사람은 당연히 나와 죽은 아내뿐이다. 이사 올 사람들을 위해 열쇠를 현관문 아래쪽에 있는 화분 속에 놓아두기로 약속했다.

"약속은 지켜야지."

계단을 내려가 오른쪽에 있는 죽은 국화 화분에 열쇠를 푹 찔러 넣었다. 아무나 열쇠를 보면 안 되니까 손을 휘저어 썩은 이파리로 살짝 가려놓았다.

대문을 나가 천천히 택시 정류장까지 걸었다. 귀에는 이어폰을 꽂았다. 귀가 멍할 정도로 음악을 크게 해서 들었다.

방금 전 사람을 죽였다. 그것도 아내였던 여자를 죽였다. 희한하게도 후회나 죄책감은 전혀 들지 않았다. 오히려 여행을 떠나는 사람의 설렘으로 기분이 약간 들떴다.

"오늘이 1일이네. 특별한 날이 시작되는 첫날. 역시 뭐든 시작은 좋은 거야."

빈 택시는 많았다. 맨 앞의 택시에 오르며 이어폰을 뺐다.

"여행 가시나 봐요. 해외로 가세요?"

기분 좋게 예,라고 대답했다.

"인천공항 가시는 거죠?"

더욱 기분 좋게 예,라고 대답했다.

택시가 다시 요란한 엔진소리를 내며 출발한 뒤 머리를 뒤로 기대고 눈을 감았다.

택시에서 내려 공항으로 들어가서야 늦은 점심 겸 이른 저녁을 먹었다.

비행기 출발시간까지 아직 세 시간이나 남았다. 항공사

라운지 앞에 앉아 티켓팅이 시작되기를 기다렸다.

지루한 시간을 때우기 위해 휴대폰을 만지작거렸다. 막바지를 향해 달리고 있는 일일드라마를 보았다. 만일 차하영이 살았다면 이 드라마 후속으로 편성되는 드라마에 출연하지 않았을까? 이런 생각을 하자 조금 기분이 씁쓸했다.

그러나 곧 기분을 추슬렀다.

"그러니 좀 잘하지 그랬어."

일일드라마가 끝나고 뉴스를 시청했다. 혹시나 싶어 눈을 떼지 않고 뉴스에 집중했다.

역시 차하영의 죽음에 대한 뉴스는 나오지 않았다.

"아직은 아무도 모르니까. 이거 신고라도 해줄 걸 그랬나."

괜히 입이 근질근질했다.

"어휴, 티켓팅은 언제 하는 거야."

긴장이 풀어진 탓인가. 의자에 가만히 앉아 있으니 졸렸다. 마음 같아서는 한숨 푹 자고 싶지만 이제 곧 티켓팅을 시작할 시간이었다. 손목시계를 보았다가 다시 휴대폰 화면으로 고개를 돌렸다.

뉴스 내용 때문이었다.

처음에는 이해하지 못했다.

뉴스를 보는 동안 자연스럽게 내용이 이해되었다.

"뭐? 이런 개 같은!"

오늘부터 살인사건의 공소시효가 15년에서 25년으로 늘었다.

"대체 국회의원 이놈들은 무슨 일을 이따위로 하는 거야!"

뒷골이 찌릿했다. 두통이다. 골치 아픈 일이 생기면 거의 습관적으로 두통이 찾아온다. 두통이 결코 반가울 리 없다. 그래도 가끔은 도움이 된다. 내게 나쁜 일인지 좋은 일인지 판단이 애매할 때 두통이 일면 거의 백 퍼센트 나쁜 일이라고 믿어도 되니까. 그러니까 두통은 나쁜 일의 척후병 같은 역할이었다. 지금도 마찬가지였다.

"젠장."

자리를 박차고 일어났다.

어떻게 하룻밤 사이에 공소시효 기간이 변할 수 있단 말인가? 겨우 하루 차이로 15년이 아닌 25년을 외국에서 지내야 한다니 기가 막힐 일이었다.

"말도 안 돼! 이런 개 같은 일이 어떻게!"

어떻게 해야 할지 몰라 안절부절못했다. 한꺼번에 떠오른 여러 생각이 머릿속에서 얽히고설켰다. 제일 걱정되는 것은 서근호였다. 그와의 계약기간은 15년. 나중에 통화하여 10년 더 연장계약을 한다고 할까? 만일 그가 거부한다면 어쩌지?

그때 휴대폰에서 진동음이 느껴졌다.

문자 메시지가 도착했다.

석주 씨, 뉴스 봤는지 모르겠는데, 공소시효 기간이 10년 더 늘어났네요. 아무래도 우리 다시 만나야 할 것 같은데요. 아님, 특약 조항을 삽입하든지. 저 안 만나면 후회하실 겁니다.

부리나케 통화 버튼을 눌렀다. 서근호는 즉시 전화를 받았다.

"근호 씨, 접니다. 그냥 저를 믿고…"

10년 더 계약기간을 연장하는 것으로 하자고 얘기하려고 했다. 그런데 서근호는 자기 말만을 하고 야멸차게 전화를 끊어버렸다.

―집에서 기다릴게요. 안 오면 계약은 무효입니다.

"이, 이런 빌어먹을 자식!"

화가 나서 하마터면 휴대폰을 바닥에 패대기칠 뻔했다. 어금니를 으득 깨물었지만 달리 방법이 없었다. 칼자루를 쥔 사람은 서근호였다.

나는 씩씩거리며 공항을 빠져나갔다.

이미 발등에 떨어진 불이었다. 차하영은 죽었고, 이젠 빼도 박도 못하는 신세였다.

그런데 역시 사람은 그냥 죽으라는 법은 없다. 택시에 타자마자 기막힌 묘수가 번쩍 떠올랐다.

공소시효 10년을 연장하지 않아도 되는 방법!

택시에서 내리자마자 서둘러 집으로 들어갔다.

대문 안으로 들어가자마자 캐리어를 팽개쳐둔 채 화분에 손을 넣어 뒤적였다. 열쇠는 금세 찾았다.

계단을 올라 열쇠를 구멍에 꽂았다.

철컥.

문이 열리고 급히 안을 확인했다.

"어?"

차하영은 당연히 그곳에 있어야 한다. 죽었으니까. 죽은 자는 움직이지 못한다. 그런데 대체 이게 어찌 된 일이지?

"이게 뭐야? 말도 안 돼!"

무릎이 저절로 꺾였다. 무릎을 꿇고 앉아 차하영이 쓰러졌던 자리를 가만히 바라봤다. 손으로 그곳을 쓸어보기도 했다.

없다. 그녀가 사라졌다. 눈을 씻고 찾아봐도 차하영의

시신은 보이지 않았다. 혹시나 싶어 화장실과 방 안, 베란다 등도 살펴봤지만 역시 결과는 같았다.

"가만, 가만… 생각을 해, 생각을… 그러니까…."

한 사람이 문득 떠올랐다.

서근호.

차하영에 대한 살해계획을 아는 사람은 그자뿐이었다. 그것도 자세히 알고 있는 자였다.

"그 자식이 차하영을 빼돌린 게 분명해!"

시체가 혼자 돌아다닐 수는 없으니 어쨌든 서근호의 짓이 분명했다. 그가 나보다 한 발짝 먼저 움직인 것이다. 그가 차하영의 시신을 훔쳐 갔다. 그가 시신을 훔쳐 간 속셈은 너무나 뻔했다.

택시를 타고 집으로 돌아오면서 한 가지 아이디어가 떠올랐다.

사망시각 조작.

오늘이 아닌 하루 전으로 차하영이 죽은 것으로 조작하면 공소시효 10년이 줄어든다. 당연히 공소시효가 늘지 않기에 서근호에게 줄 돈을 더 주지 않아도 된다.

다른 이유도 있었다.

공소시효 15년을 적용받는다고 해도 오십 대인데, 25년 후에는 육십 대였다.

재수가 없어 암이라도 덜컥 걸리면 그 나이까지 못 살고 죽을 수도 있었다. 더욱이 언제 어느 때 공소시효가 또 바뀔지 모른다. 한 번 바뀌었는데 두 번 바뀌지 말란 법은 없다.

만에 하나 공소시효가 아예 없어지기라도 하면 그땐 또 어쩌겠는가. 어쨌거나 공소시효는 내게 짧을수록 이로웠다.

나는 차하영이 자살한 것처럼 유서를 남겨놓을 생각이었다.

그럴듯한 유서 내용도 이미 생각해 놓았다.

무조건 나를 원망하는 내용이었다.

남편이 자기를 오해했으며, 심한 의처증을 보였다. 하루하루가 고통스럽고 괴로웠다. 그런데 이제 이혼까지 하게 되었다. 사랑이 어떻게 변하니?

나중에 자살이 아닌 타살로 밝혀진다면? 뭐, 상관없다. 15년의 유랑생활은 이미 각오했으니까. 내게 중요한 것은 유서 끝에 적힌 날짜였다.

"너무 안이했어. 너그러웠던 거야. 괜히 여유를 부리는 게 아니었는데."

어제 분명히 차하영을 죽일 기회가 있었다.

어제는 차하영과 내가 약속한 결혼생활 마지막 날이었

다. 이별주를 한잔한 후 깨끗하게 헤어져 남남으로 살기로 했었다.

이별주로 와인을 한 병 사서 집으로 돌아왔다. 차하영은 집 소파에 누워 휴대폰을 보고 있었다.

어젯밤이 디데이였다. 계획대로라면 그날 그녀는 죽었어야 한다. 그런데 결과는 그렇지 못했다.

와인 병을 가져와 막 마개를 따려고 하는데, 갑자기 벌떡 일어난 차하영이 황급히 집에서 나갔다. 서둘러 그녀를 쫓아 나갔지만 한발 늦었다. 미처 붙잡을 새도 없이 빨간색 외제 차가 주차장을 떠났다.

그렇게 사라진 그녀는 다음 날 새벽에야 내 앞에 다시 나타났다.

몹시 피곤해 보이는 기색이었다. 어쨌든 좀 늦춰지긴 했지만 와인을 마실 기회였다.

하지만 곧바로 와인을 마신 것은 아니다. 와인을 가지러 갔다 온 사이에 그녀는 소파에 누워 잠들어 있었다. 깨울까 하다가 그만두었다.

그녀는 오후 두 시가 넘어서야 눈을 떴다.

잠을 자고 있는 차하영을 보면서 많은 생각을 했었다. 이대로 목을 조여 죽여버릴까 하는 생각도 그중 하나였다. 물론 생각뿐이었다. 그럴 것이라면 진작 그렇게 했을 것이다.

독살이 편했다. 그녀의 몸에 손끝 하나 대지 않고 죽이고 싶었다. 목을 옥죄어 그녀를 죽인다면 아무래도 재수가 없을 것 같았다. 흉몽이라도 꾸면 그날 종일토록 기분이 좋지 못할 거였다.

"작정했으면 독했어야 했는데…."

단 하루 차이. 치명적인 실수였다. 어떡하든 그녀를 붙잡아 반드시 죽였어야 했다. 그랬다면 지금과 같은 곤란은 겪지 않았을 것이다.

"바보같이."

후회해도 이미 소용없었다.

한 가지 걱정되는 건 어젯밤 그녀의 행적이었다. 정말로 혼자 드라이브를 했던 것일까? 누군가와 함께 있었던 것이 아닐까? 그 불 냄새는 뭐였지?

한편으로 그녀가 장담했던 말이 떠오르기도 했다.

그녀는 밥 먹듯이 내게 같은 말을 했었다.

─말을 안 하면 안 했지 거짓말은 안 하는 여자야!

그녀의 말이 진실이라면 남은 문제는 서근호를 만나 차하영의 시신을 돌려받는 거였다. 시신을 찾아야 그 옆에 유서라도 놓아둘 수 있었다.

"감히 이 자식이 내 계획을 방해해? 욕심 많은 새끼!"

둔한 곰이 아니라는 것은 알았지만 약삭빠른 여우인지

는 미처 몰랐다. 역시 사업체를 굴려본 사람답게 현실감각
이 뛰어났다. 은행원이었던 나보다 숫자 계산에도 빠를 것
이 분명했다.

다른 이유로 분노가 치솟았다.

그녀나 나, 누구도 구청에 이혼서류를 접수하지 않았다.
아무리 죽었다고 해도 차하영은 아직까진 엄연하게 내 아
내였다. 그런데 함부로 남의 아내를 훔쳐 가?

"나쁜 새끼!"

어금니를 깨문 채 통화목록에서 서근호를 찾았다.

전화기 모양을 짧게 터치하자마자 신호가 갔다.

벨 소리가 여러 번 울렸지만 서근호는 받지 않았다.

세 번 연속 기계음의 여자 목소리를 듣고 난 뒤에야 문
자를 보냈다. 차하영의 시체 얘기는 하지 않았다. 당장 만
나 계약서를 다시 작성하자고만 전했다.

기다려도 문자에 대한 답장은 오지 않았다. 참고 참다가
결국 다시 문자 메시지를 보냈다. 결국 답장이 왔다. 주소
와 함께 그곳으로 오라는 글자가 적혀 있었다.

"이 개자식! 대체 얼마나 더 받아 처먹으려는 수작인 거
야?"

냅다 발길질을 했다. 발끝에 뭔가가 걸렸고, 잠시 후 맞
은편 벽 쪽에서 쇳소리가 들렸다.

소리의 정체는 차 키였다.

처음으로 법원에 가던 날 아내는 준중형급의 빨간색 외제 차를 타고 나타났다. 새로운 인생을 시작한 기념으로 자기 자신에게 주는 선물이라고 했다. 차 키가 여기에 있다는 건 아내의 차 역시 이곳 주차장에 있다는 의미였다.

"이 키가 왜 여기 있지?"

그러나 곧 이런 생각을 머릿속에서 지웠다. 아내는 죽었다. 그러니 키가 이곳에 있는 것은 당연한 일이었다.

서둘러 주차장으로 갔다. 차는 거기에 있었다. 셔터를 올리고 차 운전석에 앉았다.

목적지는 분명했다.

빠르게 차를 출발시켰다. 차는 금세 큰 도로로 나갔고, 빠르게 다른 차들을 추월하며 도로를 내달렸다. 목적지를 1킬로쯤 남겨두었을 때 조금 차의 속도를 줄였다. 그러면서 흥분을 가라앉혔다.

차분해야 했다. 시체 얘기는 꺼내지도 말자고 이미 작정했다. 무리 없이 계약기간 연장에 합의한다면 자연스럽게 시체도 찾을 수 있을 것이라고 생각했다.

그런데 그럴 수가 없었다.

차는 허름한 동네에 이르러 멈추었다. 차에서 내리자마

자 언제 그랬냐는 듯 숨을 헐떡거리며 골목길을 뛰어 올라 갔다.

골목길은 어두컴컴했다. 재개발구역이었다. 가로등은 있지만 켜진 전구는 셋 중 하나에 불과했다.

재개발이 추진되면서 집주인들이 집을 팔았고, 세 들어 살던 사람들도 거의 이곳을 떠났다. 그런데 재개발은 여전히 지지부진했다.

이곳은 자연스레 슬럼가로 변했고, 지금은 서근호처럼 오갈 데 없는 사람들이 주인 행세를 하고 있었다. 그래도 대부분의 집은 여전히 빈집이었다. 사정이 이런 탓에 훤한 대낮에도 이곳을 찾는 사람은 거의 없었다.

서근호가 보낸 주소지는 언덕길을 올라가 거의 끄트머리에 있었다.

"후유."

집 앞에 이르러 가쁜 숨을 진정시켰다.

다세대 주택 1층이 목적지였다. 한눈에도 다른 집들은 사람이 살지 않는 곳처럼 보였다.

"안됐네, 차하영. 죽어서도 인질이나 되고."

서근호의 집 새시 문을 노크했다.

못 들었을 리 없을 텐데, 안에서는 아무런 반응이 없었다.

"근호 씨…."

낮게 그를 불렀다. 반응이 없었다.

가만히 새시 문에 귀를 붙여 기척을 살폈다. 사람의 목소리가 들렸다. 그런데 한두 사람이 아닌 여러 사람의 목소리였다.

"뭐야? 왜 여러 사람이지?"

다시 새시 문에 귀를 붙이고 저편의 소리에 집중했다.

잠시 후 소리의 정체를 파악했다. 목소리는 텔레비전에서 들리고 있었다.

"술 먹고 잠이라도 든 건가?"

물론 그럴 리 없다고 여겼다. 그는 재협상을 눈앞에 둔 당사자였다. 더욱이 그는 곰이 아닌 여우였다.

헛기침을 한 뒤 문손잡이를 돌리자 문이 열렸다.

"열려 있었네? 사람이 조심성이 없어."

안으로 들어가 서근호의 이름을 다시 한번 불렀다. 역시 돌아오는 대답은 없었다.

"뭐야? 담배라도 사러 건 거야?"

방에서 서근호를 기다리기로 했다. 경사진 골목길을 뛰어온 탓에 사실 다리가 뻑적지근했다.

"으으."

방바닥에 엉덩이를 붙이자 저절로 이런 소리가 새어 나

왔다.

머릿속에서는 이미 계산이 시작되고 있었다.

"대체 얼마까지 양보해야 하는 거야? 마지노선을 확실히 정해놓고 협상을 해야 하는데…. 근데, 이건 또 뭔 냄새야?"

방에 들어왔을 때부터 이상한 냄새가 코를 찌르고 있었다. 방 천장 구석구석에는 시커먼 곰팡이 천지였다. 당연히 그 냄새라고 생각했다. 그런데 퀴퀴한 곰팡이 냄새하곤 뭔가 좀 달랐다. 마늘이 썩는 것 같은 냄새랄까.

퍼뜩 느낌이 왔다.

"이, 이 냄새는… 가스! 가스!"

그것을 깨달은 순간 그 뒤의 상황이 어떻게 진행될지 직감적으로 알았다. 영화나 드라마의 한 장면처럼 거의 본능적으로 문 쪽으로 몸을 날렸다. 그 순간 펑! 하는 소리와 함께 돌덩이가 내 몸을 덮쳤다.

다행히 생명이 위험한 부상은 없었지만 다리 한쪽에 감각이 없었다. 지금은 그게 중요하지 않았다. 가스 폭발이 있었고 곧 건물이 무너질지도 몰랐다.

"나, 나가야 해."

불길을 뒤로하고 바닥을 박박 기어서 간신히 대문 밖으로 나왔다.

그제야 부상당한 다리에서 극심한 통증이 느껴졌다.

"으으. 누, 누구 없어요? 사, 사람 살려…요."

절박한 구원의 목소리를 들었는가. 누군가의 구두코가 코앞에서 보였다.

"도, 도와주…."

고개를 드는데, 몽둥이 같은 것이 머리를 향해 떨어졌다. 본능적으로 위험하다는 걸 직감했다. 비명도 지르지 못한 채 몸을 움츠리며 두 팔로 머리를 감쌌다.

퍽!

팔에 끔찍한 통증이 느껴졌지만 지금은 그것을 느낄 여유마저도 없었다. 구두코의 공격은 그것으로 끝난 것이 아니었다.

구두코는 재차 공격을 퍼부었다.

나는 맞을 때마다 비명을 내질렀다. 그러다 꾀를 내어 벌레처럼 몸을 동그랗게 말고 뎅그르르 바닥을 굴러 구두코와 조금 간격을 벌렸다. 곧바로 바닥을 내려친 몽둥이가 깡! 하고 맨바닥을 때렸다. 그제야 몽둥이가 알루미늄 야구 배트라는 것을 알게 되었다.

"뭐, 뭐야? 다, 당신… 나한테 왜 이래?"

겨우 몸을 일으켰다. 구두코는 모자를 깊게 눌러썼고 얼굴은 마스크를 썼다.

구두코는 아무런 대꾸 없이 달려오며 또다시 공격을 퍼부었다.

이번에는 방망이가 아닌 손도끼였다. 그것이 허공을 가르며 곧장 나를 향해 날아왔다. 화들짝 놀라 몸을 비틀었다. 순간 몸의 중심이 흐트러지면서 그만 엉덩방아를 찧고 말았다. 그 바람에 손도끼가 아슬아슬하게 머리를 비껴갔다.

"젠장, 대체 왜 이러는 거야! 당신 누구야!"

하지만 구두코는 그 어떤 대꾸도 없었다.

설마 말을 못 하는 킬러인가? 일본 닌자 중에는 그런 이들이 있다는 것을 소설 속에서 읽었다. 비밀엄수를 위해 일부러 혀를 자른 뒤 킬러 훈련을 시켰다던가?

이유는 몰랐지만 사내의 공격이 멈췄다. 기회였다. 나는 뒤도 안 돌아보고 냅다 줄행랑을 쳤다. 목표는 차였다. 차까지 간 뒤 내뺀다면 자기가 무슨 수로 따라오겠는가. 한쪽 다리의 극심한 통증? 무조건 참아야 했다.

태어나서 처음으로 죽을힘을 다해 달렸다.

얼마쯤 달렸을 때 골목의 끝, 빨간색 차가 보였다.

차 키를 빼서 얼른 버튼을 눌렀다. 삐빅 소리와 함께 브레이크 등이 깜빡이더니 시동이 걸렸다.

열 걸음, 일곱 걸음, 네 걸음…. 차와 나와의 거리가 제법 빠르게 좁혀졌다.

"돼, 됐어!"

얼른 문손잡이로 손을 뻗었다.

그런데 이게 웬일인가? 내가 타지도 않았는데 갑자기 차가 뒤쪽으로 움직였다.

"어어?"

브레이크가 풀리기라도 한 것인가? 아니, 그곳은 평지였다.

"멈춰!"

차가 마치 내 말을 알아들은 것처럼 멈췄다. 아니, 차는 내 속마음이라도 읽는지, 내가 있는 곳으로 천천히 다가왔다.

"설마…."

신기했다.

"문… 열어."

정말로 차 문이 열릴까?

정말로 열렸다.

"어, 어떻게!?"

의문은 금세 풀렸다. 차 문이 열리고 누군가 안에서 나왔다.

"너, 너는!"

깜짝 놀랐다. 다급하게 뒤를 쫓아오는 발소리가 등 뒤에서 들렸지만 전혀 신경 쓰이지 않았다.

"어이가 없네."

당혹감과 황당함, 약간의 안도감이 복잡하게 얽히고설켰다.

"분명 죽었는데…."

시체가 살아났다. 설마 좀비라도 된 건가?

언뜻 스치는 생각으로 그녀의 차림은 킬빌의 우마 서면을 떠올리게 했다.

검정색 선이 어깨를 타고 내려온 노란색 트레이닝복 차림이었고, 긴 칼을 지팡이처럼 바닥에 세워두고 있었다. 다른 점이 있다면 영화 속 우마 서면과 달리 담배를 뻐끔거린다는 것.

평소에 차하영은 나에 대한 압력을 행사할 때면 시위 삼아 목검을 앞세웠다. 그것만으로도 충분했다. 그런데 지금은 목검이 아닌 진검이었다.

그 의미는 분명했다. 내 목을, 아니 내 몸을 두 동강 내 버리겠다는 것. 뒤쫓아 오던 발걸음 소리가 멈춘 것은 그때였다. 살짝 고개를 돌려 보니 희미한 가로등 불빛에 반사된 손도끼의 날이 번뜩였다.

앞에는 칼, 뒤에는 손도끼. 어느 쪽이든 목이 무사하긴 쉽지 않을 듯싶었다.

"졸지에… 졸지에…."

차마 뒷말이 나오지 않았다.

내 속내를 훤히 읽고 있었는지 차하영이 먼저 말했다.

"뭐 됐지, 응."

사람이 막판에 몰리면 무서울 게 없어지는 게 사실인 것 같았다. 이상하게도 나는 몸도 마음도 차분했다. 격했던 숨결도 이젠 부드럽고 규칙적으로 흘러나오고 있었다.

"그래, 좆됐어. 좆되고 말았어…."

"그럼 순순히 죽어줄래? 선택해. 이거야 도끼야?"

차하영이 슥 허공에 한 번 칼을 그었다.

"죽을 때 죽더라도… 지금 이 상황 좀 이해하자."

차하영이 손가락을 튕겨 담뱃불을 끄고는 피식 웃었다.

"별거 아냐. 아주 단순해. 파트너가 바뀌었을 뿐이니까. 체인징 파트너, 느낌 왔지?"

정말로 간단했다. 하지만 그것만으로 충분했다.

"파트너가 바뀌었다면…."

고개를 돌려 도끼를 든 구두코를 노려보았다.

구두코가 어깨를 으쓱거리더니 별수 없다는 듯 천천히 마스크를 벗었다.

"이거 괜히 미안하네."

손도끼, 아니 서근호가 넉살 좋게 껄껄 웃었다.

"배신자!"

서근호를 향해 으드득 이를 갈았다.

"차하영 씨가 계약서를 하나 들고 나를 찾지 뭐야. 그것도 야밤에. 알잖아. 나 여자에 약한 거."

"그거 이중계약이잖아."

"사실 나한테도 사정은 있었어. 일단 석주 씨가 말한 청산가리를 구하는 게 쉽지가 않더라고. 사람들은 그거 쉽게 구할 수 있는 것으로 생각하는데, 전혀 그렇지 않거든."

모든 독극물은 신원확인 이후 구입이 가능하다고 했다.

"그것만이 전부는 아니겠지. 역시 돈이겠지."

"당연하지. 나한테 찾아온 일생일대의 기회거든. 이건 로또라고. 뭐, 생각할 거 있나. 파트너를 바꾸기로 결심했지, 뭐."

차하영이 깔깔 웃었다.

"그러게 통 좀 크게 쓰지 그랬어."

"얼마를 준다고 했지?"

"석주 씨 몫 전부."

"뭐?"

확실히 통이 크긴 컸다.

"그래서 어젯밤 둘이 만나서 폭죽놀이라도 했나 보지.

축하주라도 부딪치면서."

불 냄새, 그게 문득 궁금했다.

"어휴, 질투는. 폭죽놀이는 아냐. 그냥 뭐 하나 구웠어."

"뭘 구워? 바비큐라도 해먹었다는 건가?"

"아니, 먹을 만한 고기가 아니거든."

"……."

"근호 씨한테 조 부장 얘기 들었지?"

"…아!"

그제야 이해가 됐다.

"그럼 바비큐 재료가… 잔인한 년."

"석주 씨, 오해하지 마. 난 그저 조 부장을 유혹했을 뿐이고, 뒤처리는 근호 씨가 했어. 물론 친구로서 살짝 도와주긴 했지만."

"나도 그렇게 할 건가?"

"죽은 다음인데 뭘 그런 걸 걱정해. 다행히 석주 씨는 도끼인지 칼인지만 정하면 돼."

뭐가 우스웠는지 차하영이 낄낄거리며 웃었다. 웃음소리가 서늘하면서도 괴기스럽게 들렸다. 어쩌면 그녀는 이런 순간에도 연기 연습을 하는 것인지도 모른다는 생각이 불쑥 머릿속에 스쳤다.

"미운 정도 정인데, 이왕이면 도끼나 칼 말고 깨끗하게 독약으로 죽여주면 고마워했을 텐데."

나 역시 연기하듯이 말했다. 진심이 섞여서 그런지 꽤 그럴싸하게 들리는 목소리였다.

"그거야 죽이는 사람 마음이지 않을까."

그녀가 안 그래? 하고 묻듯이 고개를 쳐들더니 이제 때가 됐다는 듯 긴 칼을 천천히 위로 들어 올려 나를 향해 겨눴다.

"자, 잠깐만! 죽을 때 죽더라도 의혹은 풀고 죽어야 하는 거 아냐!"

"아, 귀찮게 구네. 대체 뭘 알고 싶은데?"

"그, 그러니까…."

"치사하게라도 조금 더 살고 싶은 마음은 알겠는데, 이제 뭘 궁리하는 거라면 그만둬. 추잡해. 그냥 깨끗하게 이제 그만 죽어줘."

그 말을 끝으로 차하영이 칼을 하늘을 향해 들어 올렸다. 그 칼이 순간적으로 아래를 그었다. 그 칼의 궤적에 내 몸은 닿지 않는 거리였다. 순간적으로 느낌이 왔다.

이건 신호야!

역시 그랬다. 순간 뒤통수가 저릿했다. 나는 거의 본능적으로 위험하다는 걸 직감했고, 다이빙하듯이 옆쪽으로 몸을 날렸다.

휘리리리릭.

서근호가 던진 손도끼가 묘한 소리를 내며 아슬아슬하게 내 몸을 비켜 날아갔다. 손도끼는 엉뚱하게도 차하영을 향했다.

돌발적인 상황에 차하영은 당황해하는 기색이 역력했다. 감히 손도끼를 막아낼 생각은 하지 못하겠는지 나처럼 한쪽으로 몸을 날려 바닥에 납작 엎드렸다.

잠시 후 차창이 깨지는 요란한 귓가를 울렸다.

"이게 무슨 짓이야!"

차하영이 앙칼지게 소리쳤다. 서근호는 뒷머리를 긁적거릴 뿐이었다.

"아, 미안. 저놈이 미꾸라지처럼 피할 줄 몰랐지."

기회였다. 냅다 줄행랑을 놓았다. 절룩거리면서도 죽을 힘을 다해 달렸다. 달리다 넘어져 굴러도 벌떡 일어나 또다시 죽어라 달렸다.

얼마쯤 달렸을까?

소방차의 사이렌 소리가 들렸다. 한두 대가 아닌 여러 대가 한꺼번에 몰려오고 있었다. 사이렌 소리가 금세 가까워졌다. 가스 폭발로 화재가 났고, 누군가 신고를 했으리라 짐작했다.

숨이 턱에 닿았을 즈음 눈앞에 파출소가 보였다. 거의

한쪽 다리를 끌듯이 하며 파출소로 향했다.

"도, 도와주세요. 나, 나를 주, 죽이려고 해요!"

하지만 파출소에서 나오는 사람은 아무도 없었다.

겨우 파출소 문앞에 이르러 문을 열려다가 멈칫했다.

"뭐라고… 말하지?"

결코 나한테 유리한 것만은 아니었다.

나는 차하영을 죽이려고 했다. 차하영을 죽이지는 못했지만 어쨌든 그렇게 했으므로 굳이 죄를 따지자면 살인 미수 정도였다. 그럼 차하영과 서근호는?

아, 젠장.

그들 역시 아직은 나를 죽이지 못했다. 나를 죽이려고 했지만 아직 나는 살아 있었다.

"아, 증거도 없잖아. 자칫 잘못했다가는…."

오히려 아내를 죽이려고 했던 파렴치범으로 독박을 쓸 수 있었다. 두 사람이 입을 맞추면 그리 어렵지 않을 것도 같았다.

마음 답답했다. 한숨만 흘러나왔다. 그때 파출소 문이 열리며 경찰관 대여섯 명이 우르르 몰려나왔다.

그중 한 사람이 나를 심상치 않게 바라봤다.

"무슨 일입니까?"

"자, 자…."

자수라고 하마터면 얘기할 뻔했다. 얼른 말을 바꿨다.

"사, 상담 좀 하려고요."

"파출소는 상담소가 아닌데? 한데 무슨 상담요?"

"누가 나를 주, 죽이려고 해서요."

실수였다. 취소할 수 있으면 취소라도 하고 싶었지만 굳이 그럴 필요는 없었다. 경찰관은 주정뱅이를 보는 것처럼 측은한 눈빛이었다.

"그러니까, 누가, 아저씨를 죽이려고 한다고요?"

나는 아무런 대꾸 없이 경찰관만 마주 보았다.

경찰관이 미간을 찡그린 채 나를 위아래로 훑었다. 그때 순찰차에 탄 동료가 그를 불렀다.

"뭐 해? 어서 와!"

"아, 예."

경찰관이 턱짓으로 파출소 안쪽을 가리켰다.

"안에 들어가서 한번 말씀해 보세요. 지금 음주운전 단속이 떨어져서요."

순찰차들이 사라지고 나는 바닥에 주저앉았다.

다리에서 경련이 일어서 더는 서 있기가 힘들었다. 무리하긴 했다. 평소 꾸준히 운동을 했다면 몰라도 운동하곤 담을 쌓고 살던 몸이다. 아무리 살기 위해서라지만 영화 속 액션배우라도 된 듯 이리 뛰고 저리 뛰었다. 그것도 한쪽 다리를 부상당한 상황에서.

파출소 문이 조금 열리더니 여경 한 명이 소리쳤다.

"아저씨. 파출소 앞에서 이러시면 안 돼요. 술 드셨으면 집으로 가셔야죠. 정신 차리고 어서 집에 가세요. 사모님이 기다리신다고요!"

아, 사모님이라니.

여경과 실랑이를 하고 싶지 않았다. 움직이지 않는 다리를 질질 끌며 파출소 앞을 떠났다.

편의점이 보였다. 갈증이 났고 물이라도 마셔야 할 것 같았다.

하지만 주머니에서 나온 것은 휴대폰과 쓸모없는 수표 한 장이었다.

"50억을 갖고 있으면 뭐 해. 물 한 통 못 사먹는데."

편의점 파라솔 의자에 앉아 침만 꼴깍꼴깍 삼켰다.

휴대폰이 진동했다. 문자와 부재중 통화가 여럿 있었다.

발신자는 모두 차하영. 부재중 통화는 건너뛰고 문자만 확인했다.

자기, 어디야! 나 많이 후회하고 있어. 자기야, 미안해. 진짜진짜 미안해. 나 지금 자기... 엄청 많이 보고 싶어. 자기야 나 아직 자길 사랑하나 봐. ㅠㅠ..

자기야... 죽지 마, 제발... 헤어지자고 한 거, 사실은 진심 아냐. 그냥 겁만 주려고 했을 뿐이야. 자기야.. 제발 나한테 돌아와 줘. 자기가 연락 안 하면.. 미안해, 사랑해, 자기야..

자기야, 어서 연락 좀 줘. 나 불안해 죽겠어. 자기 다리 다친 것도 신경 쓰이고... 자기 해외여행 못 가게 될까 봐.. 막 안타깝고.. 자기야.. 사랑해. 제발 빨리 연락 줘.

자기야.. 자기가 자살하면 나도 따라서 확 죽어버릴 거야. 유서에다가 자기 욕 왕창 써놓을 거야. 자기가 나한테 했던 못된 짓들.. 다 까발려버릴 거야. 자기야... 나, 나쁜 년 만들지 말고 제발 돌아와. 연락 좀 줘... 사랑해, 자기야.

어이가 없었다. 화가 나서 미칠 것 같았다. 차하영의 속셈이 훤히 보였다.
"나를 자살로 몰아 죽이려고 아예 작정을 했네. 흥, 어림없는 수작!"
그럼 차하영의 계획을 망가뜨리기 위해 나 역시 그에 맞춰 일일이 답장을 해줘야 하는 게 아닐까?

"아냐, 아니지."

나는 고개를 저었다. 어차피 죽으면 다 끝이었다. 억울한 죽음이든 뭐든 내가 죽은 다음에야 다 무슨 소용인가. 우선은 살아남는 것이 중요했다. 결국 살아남은 자가 이기는 거였다.

"어떻게 한다… 어떻게 하지?"

피곤했다. 뜨거운 물에 몸을 푹 담그고 싶었다. 찜질방을 찾았다. 돈 대신 5천만 원이 넘는 시계를 풀어줬다.

"급히 오느라 미처 지갑을 놓고 왔어요. 나중에 찾아갈게요."

"나중에 언제요? 그런 거 모르겠고, 딱 하루만 기다려줄 거예요. 정확히 하루 지나면 이 시계 팔아버릴 거예요."

"그게 얼마짜리인데…."

"그럼 도로 갖고 나가던지요."

"그렇게… 하죠."

옷을 사물함에 넣고 열쇠를 손목에 채웠다. 찜질방의 황토색 옷으로 갈아입자 더욱더 안심되었다. 얼굴만 살짝 가려도 누가 누군지 구분이 쉽지 않을 거였다.

실제로 나는 수건으로 얼굴을 반쯤 가린 채 대형 텔레비전 앞에 큰대자로 누웠다. 마침 뉴스가 시작되었다.

가스 폭발과 화재 소식이 첫 번째 소식이었다.

사람도 살지 않는 곳에 난 화재가 뭔 큰일이라고 설레발은. 이런 생각이었는데, 그게 아니었다. 화재는 그 일대 전부를 불바다로 만들어버렸다. 비록 재개발구역이었지만 도심에서 난 화재로는 기록적이라고 했다.

화재 소식 뒤로 연관된 뉴스도 하나 달라붙었다.

시신이 발견되었다는 뉴스였다. 텔레비전에 화면에 비친 장면은 내가 들어갔던 바로 그 다가구주택이었다.

"그럼 서근호가 죽은 건가?"

혼자서 중얼거렸지만 곧 고개를 저었다. 그럴 리 없었다. 서근호는 펄펄하게 살아서 도끼를 쳐든 채 나를 찾고 있을 거였다.

－죽은 사람의 신원은 37세 김모 씨로 밝혀졌습니다. 김모 씨는 얼마 전까지 은행원이었던 자로 최근 부인과 이혼한 것으로 알려졌습니다.

헉!

깜짝 놀라 벌떡 상체를 일으켰다.

"이게 대체 무슨 일이야?"

폭발이 있던 방에서 불에 탄 시신이 발견됐다. 다행히 현장 근처에 신분증과 유서가 있었다. 유족 확인 결과 사망자는 37세인 김 모 씨였고, 그는 심한 가정불화에 시달렸다. 이혼한 부인의 말에 따르면 자살을 할 것이라는 연락이 왔었다. 현재 경찰은 김 모 씨가 가스 폭발을 이용해 자살했고, 이로 화재가 발생한 것으로 추정한다.

기자가 전한 내용은 대충 이렇게 요약이 가능했다.

그때 차하영이 했던 말과 문자 메시지 내용이 생각났다.

유추해 보면 그녀는 나를 죽인 뒤 자살로 꾸밀 계획이었다. 그런데 나는 여전히 멀쩡히 살아 있다. 이것이 이상했다. 왜 아직 죽이지도 못한 나를 죽은 사람으로 만든 것일까?

"그만큼 날 죽일 자신이 있다는 건데…."

곧바로 화장실로 갔다. 차하영에게 전화했다.

"차하영. 너 무슨 속셈인 거야? 내 이름으로 죽은 사람은 또 뭐야? 도대체 누굴 죽인 거냐고!"

―뭐야? 죽은 사람이 전화를 했네. 거기 지옥이야 천국이야? 요즘은 거기에도 휴대폰이 있나 봐.

"너 대체 무슨 짓을 꾸미고 있는 거야? 무슨 속셈인지 몰라도 이게 네 뜻대로 될 것 같아? 어림없어! 당장 경찰에게 가서 다 까발려버릴 거야. 그럼 너하고 그 새끼는 끝이라고 끝!"

"이미 끝난 건 자기 아냐? 자긴 이미 죽었잖아. 나, 죽은 사람과 얘기하니까 기분이 이상해. 막 흥분되고 그러네? 우리 만날까. 우리 마음은 안 맞아도 몸은 제법 잘 맞았잖아."

"개수작! 결코 네 뜻대로는 안 될 거야!"

통화를 끝내고 어두컴컴한 수면실에 누워 생각에 잠겼다.

그놈이 누굴까?

37세 김 모 씨로 나 대신 죽은 사람.

다행히 이 궁금증은 오래지 않아 추측이 가능했다.

"조 부장이네. 서근호 그놈 독하네. 결국 죽여버렸어."

의아하긴 했다. 서근호가 누군가를 죽이자고 고집했더라도 그 위험한 짓거리에 차하영이 선뜻 동참했다는 게 얼른 이해되지 않았다.

"하긴 뭐든 케이스 바이 케이스니까."

차하영이 아무리 거부하더라도 서근호는 진정한 친구는 음모를 함께 꾸미는 사람이라는 개소리를 늘어놓으며 그녀를 설득했을 것이다.

"그렇다고 태워 죽이다니…."

추리소설을 많이 읽으면서 알게 된 사실이 있다. 목이 졸려 죽은 시신과 화재로 죽은 시신이 다르다는 것. 부검을 하면 금세 확인이 가능하다.

질식사시킨 뒤 화재로 죽은 것처럼 꾸민다고 해서 질식사의 여러 요인들이 쉽게 사라지는 것은 아니다. 화재로 죽은 시신 역시 마찬가지이다.

코점막과 폐에 검댕과 일산화탄소 반응이 있다고 했던가? 키와 근골도 문제가 된다. 조 부장이 나하고 비슷한 근골을 가졌고, 현장에서 신분증과 유서가 발견되고 유족의 그럴듯한 증언이 있는 이상 경찰은 크게 신경 쓰지 않을지도 모른다.

"잔인한 연놈들. 사람을 어떻게…."

문제는 그 둘이 나도 죽이려고 했다는 거였다. 왜 나까지?

머리가 지끈거렸다.

이럴 때는 뭐? 뜨끈한 물속에 몸을 담그는 게 최고였다.

욕탕 안에는 아무도 없었다. 뜨거운 물에 목까지 깊숙이 담갔다. 액션배우처럼 뛰어다녔던 탓에 놀랐던 근육이 나른하게 펴지는 느낌이 더없이 좋았다. 이렇게 한숨 푹 잤으면 싶었다. 실제로도 저절로 눈까풀이 내려왔다.

그렇게 조금 졸았다. 다시 눈꺼풀이 올라간 것은 욕탕의 물이 출렁이는 것을 느끼고 난 다음이었다. 게슴츠레 눈을 뜨고 주위를 살폈다. 맞은편에 한 사내가 앉아 있었다. 그자도 나처럼 수건으로 얼굴을 가렸다. 별 신경을 쓰지 않고 도로 눈을 감았다.

잠시 후 맞은편 사내가 불어대는 휘파람 소리가 들렸다.

왠지 신경에 거슬렸다. 마음 같아서는 "거, 조용히 좀 합시다!" 하고 한 소리 하고 싶었지만 꾹 눌러 참았다. 어떤 식으로든 누군가와 트러블을 일으키는 건 도망자가 할 행동 수칙이 아니었다.

까짓 신경 쓰지 않으면 되지, 뭐.

나는 감은 눈꺼풀에 더욱 힘을 주었다.

그러나 신경을 쓰지 않으려고 해도 그럴 수가 없는 지경에 곧 처하고 말았다.

물살이 출렁이고 있었다. 그것이 자꾸 신경을 긁었다. 그러다 휘파람 소리가 멎고 크게 물살이 출렁였다. 욕탕에서 나가려는 것인가? 아니, 그런 것은 아니었다. 사내는 욕탕에서 나간 것이 아니라 바로 내 옆쪽으로 옮겨 앉았다. 순간 저절로 눈꺼풀이 올라갔고 고개가 옆으로 돌아갔다.

사내는 얼굴을 가렸던 수건을 이제 목에 걸고 있었다. 그 얼굴을 본 순간 나는 질겁하여 벌떡 일어나려고 했다. 하지만 그럴 수 없었다. 사내의 한 손이 내 팔을 붙잡았다. 그 팔을 떼어내기가 쉽지 않았다. 몇 번 발버둥을 치다가 결국 포기하고 사내의 옆에 앉았다.

"우리가 친구는 친구인 모양이야. 취미도 같고. 걸핏하면 찜질방에서 만나잖아."

그자의 입에서 이런 소리가 흘러나온 순간 저절로 뒷덜

미가 서늘해졌다.

"너, 넌! 어떻게 여길…"

사내는 서근호였다. 다행이랄까, 그의 손에서 도끼는 보이지 않았다. 갑자기 용기가 생겼다. 용기가 아니라면 오기인지도 모른다. 불쑥 이런 소리가 튀어 나갔다.

"멀쩡히 살아 있는 사람을 왜 죽은 사람으로 만들어버린 건데?"

서근호는 순순히 이유를 말해주었다.

"그래야 네가 해외로 도망을 못 가지. 곧 사망신고도 할 거야."

"난 네 여권도 갖고 있어."

"그거, 너한테 주자마자 분실신고 했어."

"뭐?"

"매달 500만 원씩 준다고? 그걸 어떻게 믿냐? 네가 해외로 나가버리면 그걸로 끝이잖아. 네가 매달 돈을 입금 안 한다고 경찰에 모조리 까발리는 건 내 입장이 좀 그렇고. 나 전과자 되는 거 싫거든."

"난 약속을 지킬 생각이었어."

"뭐 그럴 수도 있겠지. 근데 자기 부인을 죽이려는 놈을 내가 믿을 수 있겠어? 너 같으면 믿겠어?"

아니, 믿지 못한다.

"그래서 생각을 바꿨어. 모든 걸 네 와이프한테 털어놓기로. 물론 그 와중에 확실하게 돈도 챙길 생각이었고. 너의 음모를 들은 뒤 하영 씨가 몹시 분노하더라고. 널 죽여달라고 의뢰도 하지 뭐야. 분명하게 말하는데 난 거부했어. 근데 이게 돈이 얽히니까 끝까지 거부하는 게 쉽지 않더라고. 너 50억 넘게 갖고 있다며? 하하, 이건 진짜 대박로또 아냐? 하하, 뭐 그렇게 된 거야."

"난… 이미 죽었잖아. 조 부장이 나 대신 죽은 건데 또 죽일 필요는 없잖아. 아니, 내가 50억 줄게. 그러니까 나 말고 차하영을 죽여줘."

"하하. 이거 역제안이네. 갑자기 궁금해지네. 너희 두 사람, 내가 보기에 천생연분이야. 생각이 똑같잖아. 둘이 파탄에 이른 게 무슨 이유인지 도무지 모르겠어."

"그건 부부간의 깊은 속사정이 있는 거고, 내 제안, 받아. 너한테 손해 볼 거 없잖아."

"아니, 안 돼."

"왜지?"

"네가 살아 있으면 조 부장의 죽음이 언젠가는 알려질 거란 말이지. 불안해서 어떻게 살겠어."

"그럼 원래 계획대로 차하영을 죽여줘. 내가 가진 돈 다 줄게. 오늘 당장 50억을 줄 수 있어."

내 주머니에는 차하영에게서 도로 빼앗은 수표가 고스란히 있었다.

"그럼 원래 계획대로 네가 죽여. 난 살인자 되기 싫거든. 아, 조 부장을 불에 태워 죽인 거, 그거 차하영이 그랬어. 아주 독한 여자야. 물론 내가 다 준비는 해줬지만. 그래도 마지막에 지포 라이터를 던진 건 하영 씨였어. 그럼 조 부장을 죽인 사람은 결국 차하영이잖아."

"서 형. 근호 씨. 우리 진정한 친구잖아. 우리 진정한 친구 사이에 복잡하게 생각하지 말자. 그냥 나 해외여행만 가게 해줘. 내가 당장 50억 준다니까! 진짜야!"

"안 돼. 늦었어. 넌 이미 죽었어. 죽은 놈이 어떻게 해외로 나가? 내 여권으로 도망친다? 말했잖아. 분실신고 했다고. 그 여권으로 해외로 출국하려고 하면 곧바로 체포당할걸. 그럼 곤란해지는 건 나야. 너 대신 죽은 놈이 조 부장이라는 것도 금세 밝혀질 거고. 이거 스토리가 영 아니잖아."

"정말로 안 되겠어?"

"응, 안 돼."

서근호가 절레절레 고개를 저었다.

"정말로? 진짜 안 돼?"

"하아. 이 친구 고집이 참 세네. 좋아, 내가 너니까 얘기해 주는데, 나 와이프하고 다시 합치기로 했어."

"그건… 축하해."

"내가 이런 사람이에요. 마음이 아주 한강이야. 아니 태평양이야. 하하."

"집안에 좋은 일도 생겼는데, 친구를 죽이고 그러면 안 되는 거 아냐? 괜히 부정 탈지도 모르잖아."

"이 친구, 머리가 좀 많이 약하네. 내가 와이프하고 합치려고 하니까, 지금 이렇게 노력하는 거잖아. 내 계획에 의하면 너도 죽어야 이번 계획이 완벽해지거든."

"굳이 친구를 죽여야 완벽한 계획이라면 그 계획이 옳은 계획일까?"

"뭔 개소리야? 김석주 씨. 당신 이름으로 조 부장이 죽었어. 그럼 김석주도 조 부장의 이름으로 죽어야 하는 게 당연한 거잖아. 그렇게 돼야 나는 그냥 나로 살 수 있는 거고. 암튼 여러 변수 탓에 좀 꼬이긴 했지만 어차피 결과는 같아. 조 부장을 죽인 사람은 네가 되는 거니까."

금세 이해가 됐다.

조 부장을 죽이고 양심의 가책을 받아 자살했다. 그것도 욕탕에서.

이 어리숙한 시나리오가 경찰에게 먹힐까? 서근호가 내 속내를 읽은 사람처럼 말했다.

"경찰에 먹힐 거야. 나한테는 또 다른 친구가 있잖아. 지금쯤 그 친구도 여기에 도착했을걸. 그 친구랑 통화했다면서? 통화하면서 네가 다 말했다고 하더라. 조 부장을 죽인 건 너고, 너도 곧 자살할 거라고. 아, 영원히 하영 씨를 사랑할 거라고 말했다면서? 이혼한 거 엄청 후회하고 다시 합치자고도 말했고."

"뭐야? 내가 언제? 난 그런 말 한 적 없어!"

"진정해. 하영 씨는 그렇게 경찰에 말할 거니까."

서근호의 한쪽 입꼬리가 슬며시 치켜 올라간 것은 바로 그때였다. 비열함과 잔인함이 뒤섞인 서근호의 미소가 뜻하는 건 한 가지였다.

"한 놈은 불에 한 놈은 물에… 딱 좋잖아."

서근호의 눈빛이 도끼날처럼 번뜩였다. 나도 모르게 흠칫 놀라 목을 움츠렸다.

"세상이 다 이런 거지, 뭐. 서로 최선을 다해 살길을 찾다 보니 여기까지 온 거잖아."

서근호의 한 손이 내 머리를 부드럽게 쓰다듬었다. 밀랍 인형처럼 딱딱하게 굳은 내 몸은 그 어떤 저항도 할 생각을 못 했다.

"그게 외통수였을 뿐이야. 그러니까… 죽어."

그러니까 원망 따위 하지 말라고 그가 내게 충고했다.

참 쓸쓸했다. 눈가에 눈물이 고이더니 주르륵 뺨을 타고 미끄러졌다. 대체 어디서부터 잘못된… 아니, 꼬인 것일까?

공소시효 변경에 대한 뉴스를 본 것? 차하영을 죽이기로 결심한 것? 차하영과 이혼하기로 결심한 것? 차하영의 친구들에 대해 의심한 것? 차하영과 계약서를 쓰고 결혼한 것? 차하영과의 첫 만남?

"이, 이런 개떡 같은…"

분노로 불끈 주먹에 힘이 들어갔다. 그러나 그것은 미약한 저항이자 마지막 안간힘에 불과했다.

"이미 죽은 사람이니까, 또 죽어도 억울하진 않을 거야."

무지막지한 힘이 내 머리를 지그시 내리눌렀다. 입에서 물거품이 일었다. 살기 위해 발버둥을 쳤다. 순간 내 팔목에서 무엇인가가 빠져나갔다. 찜질방 사물함 열쇠였다. 그것을 가만히 바라봤다. 그러면서 점점 의식이 희미해졌다.

이것이 내 의식의 마지막이었다. 아니, 그럴 뻔했는데, 찜질방 열쇠가 가라앉은 그곳을 보는 순간 칠흑 같은 동굴 속에서 한 줄기 빛을 발견한 사람처럼 환호성을 질렀다. 물론 소리는 나오지 않았다. 그 대신 눈이 번쩍 뜨였다.

그곳은 숲이었다. 시커먼 음모가 시커먼 수초처럼 흔들

리고 있었다. 본능적으로 그곳을 향해 손을 뻗었다. 젖 먹던 힘까지 다해 손아귀에 힘을 주었다.

빠삭.

손아귀에서 뭔가 터진 것 같았다. 기겁한 서근호가 벌떡 일어나 끄으윽 신음을 흘렸다. 눈동자가 회까닥 돌아가 있었다.

전세가 확연하게 역전되었다. 나는 그 기회를 놓치지 않았다. 헤드락을 걸어 서근호를 물속으로 끌고 들어갔다. 녀석이 발버둥을 쳤지만 그리 오래 버티지는 못했다.

그렇게 서근호는 죽었다.

나는 찜질방 사물함 열쇠를 챙겨 욕탕에서 나왔다. 다행히 목격자는 없었고, 시시티브이도 없었다.

옷을 갈아입고 밖으로 나갈까 하다가 그냥 이곳에서 하룻밤 머물기로 했다. 찜질방 입구에는 시시티브이가 있었다. 지금 나가면 아무래도 의심을 받을 것 같았다.

휴게실 한쪽에 누웠다. 일부러 사람들이 없는 곳을 골랐다. 수건을 얼굴에 덮고 가만히 숨을 내쉬었다.

"다이내믹한 하루였어."

많은 일이 벌어졌다.

그때 얼굴을 덮었던 수건이 슬그머니 들춰졌다.

"누, 누구?"

깜짝 놀라 하마터면 비명을 지를 뻔했다. 차하영이었다. 그녀의 얼굴이 내 얼굴 바로 위에 있었다. 그녀의 입술이 천천히 움직였다.

"죽였어?"

나는 천천히 고개를 끄덕였다.

그녀가 갑자기 피식 웃더니 내 입술에 쪽 입을 맞췄다.

"잘했어. 자기, 남자 맞네."

"…응?"

그녀가 내 곁에 누웠다. 나를 향해 반쯤 몸을 돌리더니 내 귓가에 대고 속삭였다.

"생각해 보니까… 자기하고 나, 굉장히 잘 어울리는 거 있지. 통하는 것도 많고."

통하는 거? 금세 이해했다. 누군가를 죽일 생각을 하는 것, 실제로 누군가를 죽이는 것.

"그래서 말인데… 우리 다시 시작할까? 이렇게 잘 통하는데 헤어질 이유가 없잖아. 우리만의 추억으로 간직하고 싶어."

굳이, 라고 되물으려다가 도로 삼켰다.

"우리만의 추억은 곧 우리만의 비밀이 되겠지만."

"그렇지만…"

솔직히 이게 가능한 결합일지 의문이 들지 않을 수 없었다.

"자기야. 부부는 원래 자주 싸우고 그러는 거잖아."

"그, 그렇지."

차하영의 제안은 사실 나쁘지 않았다.

"자기야. 오늘 재밌는 일이 있었는데…."

그녀가 오늘 있었던 짤막한 에피소드 하나를 얘기해 주었다.

에피소드는 짧지만 몹시 감동적이었다.

"와이프와 바람난 남자를 남편이 불에 태워 죽였대. 그 남편은 자책 끝에 욕탕에서 자살했고. 신기하지?"

"…응."

오늘 나와 차하영은 다시 부부가 되었다. 누구에게도 말하지 못할 추억, 아니 비밀을 공유한 부부라면 이혼은 평생 꿈도 꾸지 못하지 않을까?

"자기야."

그녀가 나를 불렀다.

"응."

"나 좀 봐."

고개를 돌렸다.

쪽.

그녀가 입을 맞췄다.

"도장 찍었어. 자기도 찍어."

이번에는 내가 그녀의 입술에 입을 맞췄다.

새로운 계약이 시작되었다.

그때 누군가 소리쳤다.

―욕탕에 사람이 죽어 있어요!

누워 있거나 앉아 있던 사람들이 일어나더니 좀비처럼 한곳으로 몰려갔다.

우리도 일어났다.

우리는 사람들과 다른 방향으로 걸었다.

큼직한 텔레비전 앞, 얼마 후에 새로이 시작되는 드라마의 예고편 영상이 나오고 있었다. 순식간에 지나갔지만 차하영의 얼굴도 그 안에 있었다.

"어떤 역할이야?"

"착한 아내. 어쩐지 이번에는 잘할 수 있을 것 같아. 역시 배우는 경험이 필요한 것 같아."

영상 마지막에 큼지막하게 제목이 떴다.

〈완벽한 부부〉.

아직 방송을 시작하지도 않았는데, 어쩐지 드라마의 전편 모두를 본 것 같은 느낌이었다. 차하영이 어떤 역할인지도 왠지 감이 왔다.

축하해.

그녀가 나를 보며 웃었다.

고마워. 다 자기 덕분이야.

나도 웃었다.

곰 인형을
안은 소녀

1

—

"그래서 뭐 어쩌라고?"

옆에서 이런 소리가 들렸을 때 유정운은 그제야 선잠에서 깼다. 안전벨트에 떨어진 침을 슬그머니 손으로 닦는데 같은 목소리가 들렸다.

"애 키우는 게 힘들면 얼마나 힘들어서? 그래서 이혼이라도 하자는 거야 뭐야!"

아내에게 이렇게 대놓고 큰소리를 치는 사람, 강력2팀에서 한 사람뿐이다. 그는 자신의 잘잘못을 떠나 일단 윽박부터 질러놓는다. 그 기세가 하도 대단하여 동료들은 그만의 특별한 노하우가 있을 것이라고 믿었다. 물론 그것이 무엇인지 그가 제 입을 벌려 말한 적은 없다.

그렇다고 짐작조차 못 하는 건 아니다.

조승준은 젊었다. 젊으면 겁이 없다. 겁이란 건 나이와 같아서 늙을수록 많아진다. 이십 년 전만 해도 유정운도 나름 젊었다. 그때도 해도 모든 것이 제법 만만했다. 그러니까, 그 시절은 모든 게 엉망이었다. 이제 오십이 머지않았다. 지금은 어떤가. 사람이 좀 됐으려나.

차창 밖으로 스치던 풍경이 느려졌다. 크고 작은 간판들의 글자들이 선명하게 읽힌다. 간판 가운데 유난히 술집 이름이 많다. 딸아이가 초등학교에 들어가면서 뜸하게 됐지만, 한때는 팀원들과 일주일에 두세 번씩 찾던 동네.

안타깝게도 이곳 역시 불경기를 비껴가지 못했다. 익숙한 간판이 사라지고, 낯선 간판들이 그 자리를 차지했다.

"거의 다 오지 않았나?"

차에 내비게이션이 있었지만 유정운은 습관처럼 뒷자리로 고개를 돌렸다.

"이 길 끝에서 좌회전하면 금방이에요."

뒷자리에서 한껏 느즈러져 있던 막내 차요한이 허리를 꼿꼿하게 세웠다. 옆자리의 조승준이 "나중에 얘기해." 퉁명스레 말하며 눈으로는 차창 밖을 살폈다.

"죄송합니다, 팀장님. 요즘 부쩍 잔소리가 심해져서요."

"애가 셋이잖아. 그 정도면 받들고 살아야지."

"저야 그러고 싶죠. 이놈의 마누라가 애 셋 키우는 게 무슨 벼슬이라도 된 듯 걸핏하면 으르렁거려서 문제죠."

"피곤하니까 그렇지. 애가 하나인 사람도 힘들어하는데."

"사모님이야 어디 애 때문인가요. 팀장님이 워낙 건강하셔서 그런 거죠. 밤에 뭘 하시는지 몰라도 차만 타시면 주무시데요."

그 말에 운전대를 잡은 최준기가 키득거리며 웃었다. 유정운도 멋쩍게 웃어주었다.

팀원들의 놀림에는 이유가 있었다. 그의 아내와 그는 나이 차가 많았다. 젊은 여자와 사는 것이 다 그렇다는 식으로 팀원들은 이해하지만, 정작 유정운이 피곤한 건 아내가 아닌 딸 은서 때문이었다.

초등 3학년인 은서는 다섯 개의 학원에 다녔다. 어쩌다 일찍 퇴근해도 학원 숙제에 치인 은서는 아빠와 놀 시간조차 없었다. 아내의 극성 탓에 학원을 줄일 순 없고, 은서 곁에 있으려면 학원의 숙제라도 도와줘야 했다.

초등학교 3학년의 숙제라는 게 왜 그리 어려운지, 유정운은 매번 쩔쩔맸다. 어린 딸아이에게 여러 번 퉁바리를 듣기도 했다.

그래도 그조차 기분이 좋았다. 딸 은서를 생각하면 매번 입술이 둥글게 휘어졌다.

차가 좌회전을 했다. 좀 빠르다 싶었는데, 차가 돌연 요상한 새 울음소리를 내며 급히 멈췄다.

"뭐야!?"

최준기의 뒤통수를 조승준이 사납게 노려보았다. 최준기는 아랑곳하지 않았다. 오히려 변명하듯 엉뚱한 곳으로 시선을 던졌다.

"쟤……"

그곳에 한 아이가 서 있었다. 가슴에 자기 몸통만 한 흰색 곰 인형을 끌어안고 있었다. 언뜻 보아 딸 은서와 비슷한 나이일 것 같았다.

운전석의 문을 열더니 최준기가 부리나케 뛰쳐나갔다. 다혈질인 그였지만 아이를 상대로 제 성질을 부릴 순 없었다.

"인마, 너 죽으려고 환장했어? 위험한 거 몰라? 니네 엄마 어딨어? 대체 어떤 여자이기에 함부로…"

최준기의 야단하는 소리를 유정운은 모른 척했다. 내비게이션의 목적지를 확인했다. 내비게이션의 여자 목소리가 아내의 목소리와 비슷하다는 조승준의 억지 아닌 억지 탓에 음성 안내는 늘 꺼져 있었다.

"여기네."

유정운이 내리고, 곧 뒷자리 문도 열렸다.

"요즘 애들은 어찌 된 게 도통 무서운 게 없어요."

최준기의 투덜거림을 뒤로하고 유정운은 차가 가던 방향으로 느릿하게 걸음을 옮겼다. 예닐곱 걸음을 걸어간 뒤그의 걸음이 오른쪽 골목으로 꺾였다. 보도블록을 반쯤차지한 순찰차 두 대가 앞뒤로 주차돼 있었다.

대문은 열려 있었다. 남의 집에 함부로 들어가는 것이좀 껄끄러운 사람처럼 유정운은 벨을 만지작거리다가 자기도 모르게 누르고 말았다. 곧 집 안쪽에서 반응이 왔다.

"애들 장난도 아니고, 뭐 하시는 겁니까."

지구대에서 근무하는 박 경사가 잠기지도 않았던 문을열고 나오며 따졌다. 한때 그는 강력팀 형사로 근무했었다. 그때는 빼빼 말랐던 사람이 지금은 조금 과장하여 두배쯤 덩치가 커졌다.

"또 보네."

"이런 일로는 안 봐야 하는데요."

"그러게."

박 경사가 한 손을 모자챙에 붙였다가 내리며 헤벌쭉 웃었다.

"보시면 알겠지만 방이 세 개입니다. 엄마방, 아빠방, 그리고 아이방.”

제멋대로 보고가 시작됐다.

부부는 따로 방을 사용했다. 관계가 좋지 못했다. 그 결론이라고 하긴 좀 그렇지만, 부부는 시신으로 발견되었다. 남자는 자기 방에서, 여자 역시 자기 방에서. 그 집 안에서 유일하게 죽지 않은 사람은 딸 혼자였다.

“저 애예요.”

박 경사의 턱짓이 유정운의 어깨를 넘어갔다. 흰색 곰 인형을 안고 있던 소녀였다.

“이제 4학년이랍니다.”

박 경사가 슬쩍 꼬리를 덧붙였다.

“보통내기… 아니에요.”

아이는 겁먹거나 슬픈 표정이 아니었다. 아이가 안고 있는 곰 인형은 웃고 있었지만, 아이의 얼굴에는 아무런 표정이 없었다.

부모에게 어떤 일이 벌어졌는지 미처 인지하지 못한 것일까? 아니면 인지했으나 스스로 그것을 부인하는 것인지도.

어른이나 아이에 상관없이 이 같은 경우가 실제로 종종 발생했었다는 걸 그도 여러 차례 들은 바 있었다. 유정운은 그 점을 박 경사에서 확인했다.

"신고자가 저 아이인데요."

"저 아이라고?"

그렇다면 아이가 현실을 제대로 인지하지 못했거나 부인하고 있는 것은 아니다. 유정운은 팔짱을 낀 채 지그시 아랫입술을 깨물었다.

생각해 보면 충분히 그럴 수 있는 나이였다.

이 점을 그에게 알려준 사람은 그의 아내였다. 그는 딸아이의 가방에 생리대를 넣어주는 아내를 마뜩잖게 여겼는데, 오히려 아내는 그런 그에게 "이른 거 아냐. 벌써 시작한 아이도 있는걸."라고 말하며 또 다른 현실을 일깨워주었다. 그러니까, 초경을 시작해도 될 나이라면 112에 신고하는 것쯤 아무것도 아닐 거였다.

"문은 잠겨 있었고, 벨을 누르니까, 아이가 누구세요, 라고 대꾸하더라고요. 똑똑하게도 경찰이라는 걸 확인하고 나서야 문을 열어주었고요."

"외부 침입자는?"

"창이며 마당이며 대충 살펴봤는데, 깨끗하던데요. 제 생각엔 자살 같아요."

박 경사의 말이 사실이라면 정말로 웃기는 일이 벌어진 것이다. 딸아이 혼자 남겨두고 자살한 부모라니.

"수고했어. 가서 일 봐."

박 경사가 나가자마자 바통 터치라도 하듯이 과학수사
반의 신현우와 다른 한 명이 안으로 들어왔다. 그 뒤로 유
정원의 팀원인 강민석도 뒤늦게 합류했다.

"오래 걸릴 것 같은데요."

장비를 바닥에 내려놓은 뒤 신현우가 안방과 건넛방 쪽
을 번갈아 바라봤다. 과수팀은 안방부터 작업에 들어갔
다.

그들이 작업을 하는 동안 박 경사가 주민등록 등본을
떼어와 유정운에게 건네주었다.

네 시간이 넘어서야 과수팀의 작업은 끝이 났다. 신현
우가 장비를 챙겨 밖으로 나가며 못마땅하다는 듯 한마디
툭 던졌다.

"어떻게 액자 하나 안 보여요. 부부 사이가 안 좋았던 모
양이에요."

그건 이미 유정운도 확인했다. 안방과 건넛방, 아이의
방을 둘러보아도 그 흔한 가족사진은 보이지 않았다.

부부 사이가 아무리 좋지 않아도 아이 사진쯤은 웬만하
면 벽에 걸려 있을 법한데도, 이상하게도 이 집에서는 그
렇지 않았다. 단순히 부부 사이가 좋지 못하다는 것만으
로는 설명하기 힘든 그 무엇이 따로 있을 것 같은 예감이
었다.

"고생했어. 나중에 보자고."

신현우가 나가고 그는 흰 가운의 사내에게로 눈길을 던졌다.

Y병원에서 나온 삼십 대 후반의 법의학자였다. 과수팀에게 이런저런 얘기를 듣고 유정운이 Y병원 법의학과 박 교수에게 직접 전화하여 요청했다. 박 교수는 사정상 현장에 나오기가 힘들다며 제자를 대신 보냈다.

흰 가운의 사내는 열성적으로 검시에 임했다. 현장에 도착한 지 삼십 분 만에 검시가 끝났다.

"어때요? 보기엔 타살 쪽인 것 같은데요?"

흰 가운은 신중한 사람이었다. 여자의 시신 쪽으로 눈을 돌리더니 팔짱을 낀 채 잠시 생각에 잠겼다가 입을 뗐다.

"좀 애매하긴 합니다. 아직은 대답이 곤란해요. 그나저나 참 깨끗하게 죽었어요. 외상도 거의 없고."

유정운은 그가 한 말을 고스란히 수첩에 적었다.

〈외상이 거의 없는 깨끗한 죽음.〉

수첩에 적힌 글씨를 보니 기분이 좀 묘했다. 외상이 없으면 깨끗한 죽음이고, 그 반대면 더러운 죽음이 되는 걸까? 죽음에도 깨끗함과 더러움의 차이가 있었던가?

　유정운은 볼펜 끝으로 수첩을 톡톡 두드리다가 무심코 죽은 여자 쪽으로 고개를 돌렸다. 그러다 무엇에라도 화들짝 놀란 사람처럼 얼른 고개를 원위치시켰다.

　유정운이 서 있는 곳에서는 여자의 얼굴이 보이지 않았다. 설령 보인다고 해도 그는 보고 싶은 마음이 아니었다.

　언제부터인가 죽은 사람의 얼굴을 보고 나면 꿈자리가 뒤숭숭하니 좋지 못했다. 삼사 년 혹은 그보다 더 오래됐을지도 모른다.

　과장과의 술자리에서 이런 고민을 끄집어냈더니, 곧바로 농담 같은 충고가 날아왔다.

　―너, 얼른 승진하든지, 이 짓거리 그만두든지 해라. 밥벌이 때문에 그만두기 힘들면 다른 과로 옮기는 게 낫고.

　그때는 호탕한 웃음으로 흘렸다. 하지만 속내는 전혀 그렇지 못했다. 그것을 느꼈는지 과장이 한마디 덧붙였다.

　―약발이 다된 거야. 그러다 크게 경치는 사람 여럿 봤어. 각별히 조심하는 게 좋아.

　약발은 뭐고, 뭘 조심해야 한다는 걸까? 그것을 아직 이해하지 못했다.

　"목이 부러지거나 하진 않았습니까?"

　신현우의 언급에 의하면 여자는 침대 커버에 코를 박고

죽었다. 그러니까, 똑바로 눕지 못하고 엎어진 상태로 사망한 것이다.

언뜻 보기에는 4~5개월 미만의 어린아이들에게서 종종 발생하는 비구폐색에 의한 질식사처럼 보일 수도 있다. 하지만 경추가 멀쩡한 어른이 이 상태로 죽음에 이른다는 건 형사라는 사람들의 일반적인 상식과는 거리가 멀었다. 흰 가운이 라텍스 장갑을 낀 손으로 누군가의 목 부분을 만지는 흉내를 내면서 대답했다.

"아니요, 그렇지 않아요. 경추는 멀쩡합니다."

목이 부러져 있었다면 당연히 타살을 의심할 수 있다. 목을 다쳐 치료 중이었다면 깁스 같은 흔적이 발견됐을 것이다. 그러나 흰 가운은 이런 내용에 대해 일절 언급하지 않았다.

"질식사 가능성은요?"

"글쎄요. 질식사라면 이 상태로 누군가 뒤통수를 눌렀거나 아니면 똑바로 누운 상태에서 베개 등을 사용하여 입과 코를 압박했다는 건데, 솔직히 그건 잘 모르겠고요, 누군가 손으로 목을 죄지 않았다는 건 분명합니다. 그리고…"

여자의 손톱에 낀 이물질도 전혀 없다고 했다.

흰 가운의 말은 여자가 살아남기 위해 적어도 그 누군가

와 멱살잡이는 벌이지 않았다는 의미였다. 누군가 여자를 살해하려 했다면 여자는 본능적으로 방어를 할 수밖에 없는데, 그런 와중에 자연스럽게 여자의 손톱 밑에 어떤 이물이 남겨질 수 있었다.

"그럼 타살보다는 자살 쪽이라는 건가요?"

유정운은 이 점을 확실하게 짚고 싶었다.

"방어손상이 다른 곳에 나타났을 수도 있으니, 아직 판단하긴 이릅니다."

흰 가운이 여자 시신 쪽으로 다가가더니 여자의 안면이 천장을 향하도록 몸을 뒤집었다. 유정운은 여자의 얼굴이 보이지 않게끔 일부러 살짝 몸을 움직였다. 흰 가운이 여자의 얼굴을 가렸다.

"보듯이 얼굴도 정말 깨끗합니다. 눈에 보이는 게 전혀 없어요."

흰 가운이 핀셋을 꺼냈다. 그가 무엇을 하려는지 유정운은 이미 짐작했다. 화장대 거울 앞에 있는 의자에 앉으며 자연스럽게 시선을 피했다.

"보시다시피 일혈점도 안 보여요."

흰 가운이 죽은 여자의 눈꺼풀을 핀셋으로 붙잡은 모습이 머릿속에 훤히 그려졌다. 유정운은 저도 모르게 부르르 진저리를 쳤다.

"다른 가능성을 배제할 순 없지만, 질식사도 무시할 순 없겠어요."

"다른 가능성이라는 게 뭐죠?"

흰 가운이 엉뚱한 질문으로 대답을 대신했다.

"외부로부터의 침입 흔적은 없었던 거죠?"

유정운은 고개를 한 번 끄덕여 주었다.

일면식이 있는 사람이라면 문을 통해 자연스럽게 집 안으로 들어오는 것이 가능했을 것이다. 그 사람으로부터 생명에의 위협을 느꼈다면 얘기는 또 달라진다. 스스로 죽음을 받아들인다고 해도 몸은 반항하기 마련이다. 그래서 방어손상이라는 게 생겨난다. 그런데 여자에게서는 방어손상이 전혀 발견되지 않았다.

이것에 대한 설명은 사실 간단했다. 여자가 저항할 수 없는 상태였다는 것. 하지만 여자의 손과 발, 목에서는 끈이나 테이프 등으로 결박당한 흔적이 발견되지 않았다. 그 밖의 다른 부분에서도 의심할 만한 흔적은 없었다.

"아마 독(毒)일 겁니다."

흰 가운이 결론을 내리듯이 말했지만, 유정운은 순간 고개를 갸웃했다. 흰 가운은 조금 전 시신의 얼굴이 너무 깨끗하다고 했다. 시신은 침대에 엎어진 자세였다. 독에 의한 구토 증상을 보였다면 적어도 침대에는 이물질이 묻어 있어야 한다. 하지만 그런 흔적은 없었다. 과수팀이 확인한 결과였다.

"아까 시체가 너무 깨끗하다고 했는데, 그 말은 자살 가능성을 더 높게 본다는 의미인가요?"

"네, 아무래도 그런 것 같습니다. 적어도 지금은요."

"부검이 필요하겠군요."

"네, 그래야 할 것 같아요."

부검이 이뤄지면 죽음의 원인에 대해 비교적 명확한 결론이 가능하겠지만, 부검이 모든 것을 해결해 주는 만능열쇠는 아니었다.

두 사람의 대화는 그것으로 끝났다.

유정운은 과장과 통화하여 간략하게나마 보고를 올렸다.

탐문조사가 채 끝나지 않은 두 사람을 제외하고, 나머지 형사들은 유정운과 함께 사무실로 돌아가기로 했다.

"이번 사건 복잡하지 않을 것 같아요. 그렇죠?"

유정운이 차에 오르자 최준기가 기다렸다는 듯이 물었다.

"드러나는 정황으로 보면 그렇긴 한데 직감은 자꾸 반대로 가네."

차에 곧 시동이 걸렸다. 최준기가 막 차를 출발시키려는 찰나 갑자기 나타난 박 경사가 그들 앞을 막아섰다. 미간을 잔뜩 좁히고 있는 것이 뭔가 난감해하는 표정이었다.

유정운이 차창을 내렸다.

"왜? 무슨 문제 있어?"

박 경사가 대문 안쪽 마당을 향해 턱짓했다. 쪼그리고 앉아 있는 여자아이가 시선에 걸렸다.

"보호자 없어? 연락이 안 된 거야?"

"그게 말입니다, 아이에게는 지방에 사는 외할머니와 이모가 가족의 전부인데, 이틀 전 유럽 여행을 떠났답니다. 아이 혼자 저 집에 놔둘 순 없고, 어쩌죠?"

"일단 사무실로 데려가는 게 좋겠어. 아이, 옷하고 신발 같은 거 챙겨서 가져와."

"넵."

박 경사가 횡하니 집 안으로 사라졌다.

십 분쯤 후 그들 앞에 나타난 박 경사가 차 뒷문을 열고 여자아이를 밀어 넣었다. 여자아이의 꼬리표처럼 꽤 두툼한 가방도 함께였다.

차가 출발했다.

"너 이름이 뭐지?"

유정운의 질문에 아이는 느닷없이 차창 밖으로 고개를 돌렸다. 그렇다고 대답을 거부한 건 아니었다.

"은지예요. 장은지."

그의 딸과 이름이 비슷했다. 다른 사람들도 비슷한 생각이었는지 누군가 농담을 던졌다.

"팀장님 애가 은서잖아요. 은서와 은지, 자매 같은 이름인데요."

그의 농담이 아니더라도 실제로 유정운은 그런 비슷한 생각을 하고 있었다.

"오래전 얘기지만, 은서 이름이 은지가 될 뻔한 적도 있었어."

유정운은 딸 은서가 아직 아내의 배 속에 있을 때 어떤 이름을 지을지를 두고 꽤 오래 고심했었다.

여자애 이름으로 적당하다 싶은 이름은 수백 개쯤 떠올렸을 테고, 종이에 적은 것도 그만큼은 될 것이다. 부르기에도 좋고 듣기에도 좋고 뜻도 좋은 이름을 골라야 했기에 선뜻 이름 하나를 정하는 게 쉽지 않았다.

아이가 태어나기 사흘 전, 가까스로 추려낸 몇 개의 이름 중 아내와 유정운은 각자 마음에 드는 이름 하나씩을 골랐다.

아내는 '은서'를, 그가 골라낸 이름은 '은지'였다.

그때 아내가 은서를 고집하면서 위로 삼아 했던 말이 있었다.

―은서 동생 생기면 은지라고 해.

*
* *

　유정운은 과장과 마주 앉아 사건에 대한 종합적인 보고를 했다. 과장은 긴 설명을 단 몇 마디로 정리할 줄 아는 재주가 있었다.

　"외부의 침입 흔적은 없고, 남편은 독극물에 의한 자살이나 타살, 아내는 독극물에 의한 타살 혹은 질식사로 추정된다 이거네. 부부관계가 좋지 못했던 것이 왠지 찜찜한 점이고."

　"네, 맞습니다."

　"부검은 박 교수에게 맡기는 거지?"

　"네."

　과장은 입만 열면 과학수사를 외치지만 실제로는 형사로서의 직감을 보다 중시하는 사람이었다. 그런 과장이 보고를 들으면서도 가끔 한곳을 힐끔거렸다. 창가 쪽이었다.

　그곳에 은지가 있었다. 막 꽃봉오리가 맺히기 시작한 백목련이 유리창에 닿을 듯 말 듯 가지를 드리우고 있었다.

　"만일 타살이라면 내부자의 소행 또는 일면식이 있는 사람이라는 건데, 탐문조사 결과는 어때?"

과장의 질문에 유정운은 넌지시 조승준을 눈짓으로 지목했다. 조승준이 큼 하고 헛기침을 하고는 곧바로 보고를 이었다.

　"사건 현장 근처의 슈퍼마켓, 과일가게, 세탁소 등등 확인했습니다. 수상한 사람을 보았다는 증언은 없었고, 죽은 부부 역시 특이한 이상행동을 보이진 않았던 것 같습니다. 어제 아침에 여자가 세탁소에 남편의 옷을 맡겼고, 골목 끝에 있는 슈퍼마켓에서는 여느 때처럼 여자가 물과 주스, 우유를 사 갔다고 합니다. 그때가 밤 8시쯤입니다."

　"여자는 어떤 일을 했지?"

　"따로 직장을 다니진 않았습니다. 전업주부였어요."

　"주위 평가는?"

　"과일가게 여자의 말로는 누구에게나 상냥했지만 속은 알 수 없는 여자랍니다. 그렇다고 재수 없는 스타일은 아닌데, 동네 사람들과는 잘 어울리려고 하지 않았답니다."

　조승준은 잠시 멈췄다가 곧바로 남자에 대한 보고로 넘어갔다.

　"D제약 연구소에 근무합니다. 정확히 파악된 건 아니지만, 듣기로는 신약 파트 쪽이고, 약사 자격증을 소지하고 있습니다. 동네 사람들 말로는 남자 역시 여자처럼 이웃 사람들과 왕래가 잦은 편은 아니었다고 합니다. 술을 좋아하는지 밤늦게 대리운전 기사가 운전하는 차를 타고 집에 오는 모습이 종종 목격됐고요."

동네 사람들은 부부가 함께 외출하는 모습을 본 적이 없다고 했다. 또한 아빠와 아이, 혹은 아빠와 엄마와 아이가 함께 외출하는 모습도 본 적이 없다고 했다.

"세상은 두루뭉술하게 어울려 살아야 하는 건데, 그 사람들 공동체 의식이 희박했나 보네. 암튼 뭔가 찜찜한 냄새가 나는 것도 같은데…."

과장이 창가 쪽으로 다시 시선을 던졌다.

유정운은 왠지 그것이 기분 나빴다. 화도 났다.

"과장님. 왜 자꾸 저쪽을 보는 겁니까?"

평소 같으면 형동생 하는 사이이기에 목소리가 좀 더 커졌겠지만 지금은 엄연하게 회의를 하는 자리였다. 유정운은 그에 맞춰 목소리의 톤이나 감정을 나름 조절했다. 그래도 어감이 다소 딱딱했던 것 같다. 과장이 살짝 노려보더니 툭툭 쏘듯이 말했다.

"왜? 보면 안 돼? 별걸로 다 트집이네. 요즘 너 나한테 좀 예민한 거 알아? 저쪽을 보든지 이쪽을 보든지 웬 시비야?"

저쪽은 당연히 은지를 의미했다.

"애잖아요. 이제 열한 살입니다."

"누가 뭐래?"

"눈빛이 애를 보는 눈빛이 아닌 것 같아서요."

"그건…."

과장이 어금니를 지그시 깨물었다가 말했다.

"왠지 애가 애처럼 보이지가 않아."

"그게 무슨…."

"느낌이 그렇다는 거야."

"그 느낌이란 거 좋은 겁니까, 나쁜 겁니까?"

"나도 잘 몰라. 생각나는 대로 말하면, 한 손에는 칼을 다른 한 손에는 경전을 들고 있는 기분이랄까."

과장은 무엇에라도 홀린 사람처럼 또다시 창가 쪽으로 고개를 돌렸다. 그 상태로 혼잣말처럼 중얼거렸다.

"무슨 일이 있었는지, 저 애는 뭔가 알고 있는 것 같아."

유정운이 뭔가 반박하려고 할 때 와! 하는 함성이 들려 왔다.

창가 저편은 주차장이었다. 그곳에서 젊고 굵직한 함성이 들려왔다. 의경이나 전경이 주차장 한쪽을 차지하고 종종 족구 시합을 벌였다. 아까부터 함성이 간간이 들렸지만 신경 쓰지 않았다. 하지만 지금은 그 함성이 들리자마자 이맛살이 구겨졌다.

입 안에 고였던 말들을 가슴 깊숙이 되삼켰다. 자기도

모르게 과장처럼 은서를 보고 있었다.

문득 궁금했다.

은서는 무엇을 보고 있는 것일까.

족구 시합을 보고 있을까.

왠지 그런 것 같지 않았다.

와아! 파이팅!

또다시 함성이 들렸지만 은서는 그 어떤 반응도 없었다.

유정운은 의자에 깊숙이 등을 기댄 채 물끄러미 한곳만 바라봤다. 은지는 여전히 같은 자세였다.

-미동도 없이 어떻게 저럴 수 있죠?

누군가 지나치면서 의문을 표했지만 유정운은 대꾸하지 않고 무시했다.

-애가 충격먹은 거 아닐까요?

다른 누군가의 이런 말에 살짝 고개를 끄덕였지만 실제로 그럴 거라고는 생각하지 않았다.

유정운은 은서에게 가기 위해 자리에서 일어났다. 그때 주머니에서 빠져나온 무엇인가가 바닥으로 떨어졌다.

박 경사가 건네준 주민등록 등본이었다. 유정운은 그것을 주워서는 도로 자리에 앉았다.

식구는 단출하게 셋이었다. 은지 아빠인 장호철은 마흔

넷. 은지 엄마인 손지선은 마흔셋이었다.

"장호철, 손지선…."

오늘 이 두 사람이 시신으로 발견됐다.

"마흔셋, 12월생 손지선…."

자꾸 여자의 이름 쪽에 시선이 갔다. 아는 이름은 아니었다. 단지 여자가 손씨이고, 12월생이라서 그런 거였다.

12월생이고 손씨인 여자와 동거를 한 적이 있었다. 그 여자의 이름도 나이도 기억하지 못했지만 젊었을 적에 분명 그런 일이 있었다.

유정운은 창가 쪽으로 걸어갔다.

"은지야."

이름이 비슷해서인지 딸아이를 부르는 것처럼 어색하지 않았다. 그제야 고개를 돌린 은지가 그를 마주 보았다.

"아저씨, 왜요?"

"뭘 보는 건가 해서. 밖에 재미난 거라도 있어?"

"아니요. 그냥…."

"그냥 뭐?"

딸아이인 은서도 그냥, 이라는 말을 자주 사용했다. 아내인 정희도 그랬고, 생각해 보면 그 여자 손씨도 그랬다.

유정운의 창밖으로 흘렀다.

주차장에는 역시 별것이 없었다. 반쯤 차들이 주차되어

있었고, 누군가 먹이라도 뿌려주었는지 평소보다 서너 배쯤 많은 비둘기들이 바쁘게 바닥을 쪼아대고 있었다.

"비둘기들을 보고 있었던 거야?"

아이는 대답하지 않았다.

"새가 좋아?"

은지가 고개를 저었다.

이번에는 어쨌든 대답이 분명했다.

"은지는 뭘 보고 있었던 걸까?"

은지는 대답 대신 창밖으로 고개를 돌렸다. 검정 비닐봉지와 삽을 든 전경 하나가 비둘기 떼 쪽으로 걸어가고 있었다. 전경이 삽을 허공에 휘두르자 비둘기들이 일제히 날아올랐다. 그제야 눈에 보이는 게 있었다.

"저건…."

옆으로 쓰러져 꿈쩍 않고 있는 조그마한 몸뚱이. 네 발의 짐승인 그것은 새끼고양이였다.

전경은 삽에 새끼고양이의 사체를 올리더니 검정 비닐봉지에 집어넣었다.

그때 은지의 입술이 조용히 떨어졌다.

"…아빠 때문이에요."

아이의 말을 미처 알아듣지 못한 것은 아니었다. 단지 얼른 이해하지 못했을 뿐이다. 습관인지 몰라도 반문이 튀어 나갔다.

"지금 뭐라고 했지?"

"아빠… 때문이라고요."

아이는 여전히 창밖에 시선이 머물러 있었다. 전경은 이미 사라지고 없었다. 비둘기 몇 마리가 그곳에 앉아 서성거리고 있었다.

"아빠가… 왜? 아빠가 뭘… 잘못한 건가?"

머릿속에서는 이미 무엇인가를 직감하고 있었다. 하지만 아이의 말이었다. 함부로 뭔가를 짐작해서는 안 되는 거였다. 아이에게 조심스럽게 다시 물었다.

"아빠가 잘못한 거예요."

은지의 대답은 마치 아빠에게 화를 내는 것처럼 들렸다.

유정운은 자기도 모르게 마른침을 삼켰다. 더욱 조심스럽게 잘못이 무엇인지 질문해야 했다.

"아빠가 은지에게 잘못한 게 있나 보구나."

은지는 대답하지 않았다. 잘못 짚었나 싶어서 곧바로 질문을 바꿨다.

"아빠가 엄마에게 잘못한 게 있나 봐. 그치?"

"…맞아요."

발음이 조금 어눌했지만 못 알아들을 정도는 아니었다.

"아빠가 엄마에게 어떻게 잘못했는데?"

"아빠가 엄마에게 막 소리치고…."

"그래서 아빠가 엄마에게 뭔가를…."

먹었어? 차마 이 말은 하지 못했다.

은지가 유정운 쪽으로 고개를 돌렸다. 줄곧 창밖에 시선을 두다가 지금 처음으로 그와 시선을 마주쳤다.

아이의 눈은 작았다. 그 작은 눈에 옅은 분노가 일렁였다.

"아빠가 나빠요. 나빴다고요!"

은지가 비명처럼 버럭 소리를 질렀다. 유정운의 몸이 휘청했다. 방향을 잡지 못한 두 눈이 잠시 허공을 더듬었다.

은지는 누군가에게 화를 내고 있었다. 분명 그 누군가는 은지의 아빠였다.

"아빠가… 잘못한 거예요."

이번에는 알아듣기 힘들 정도로 목소리가 작았다. 하지만 그 작은 눈에 깃든 분노는 오히려 더욱 거세졌다.

직감이 맞은 건가?

갑자기 가슴이 저릿저릿했다.

2

—

그가 아내를 만난 것은 한 관광호텔에서의 작은 소란이 계기가 되었다. 그는 그곳의 객실 한곳을 감시 중이었다. 그러던 어느 날, 엉뚱한 객실에서 소란이 일었다.

중년의 여자, 그리고 동행한 정복 경찰이 그곳 객실을 덮쳤다. 경찰관과 중년의 남자와 여자, 그리고 젊은 여비서, 그야말로 흔하디흔한 구도였고 스토리였다.

정희, 그녀는 남자의 비서였다. 명품 옷과 보석으로 치장한 뚱뚱하고 나이 많은 사모님에게 젊고 매력적인 여비서는 입 안의 가시 같은 존재였을지도 모른다. 아마도 사모님은 독수리처럼 눈을 부라리며 감시를 게을리하지 않았을 것이다. 그만큼 젊은 여자도 조심했을 것이다. 그래도 어쩌다 오해를 받게 되는 상황도 재수가 없으려면 생기기 마련이다.

사모님으로부터 정희를 구해준 사람은 공교롭게도 유정운이었다. 그럴 의도는 아니었는데, 어쨌든 그는 유일한 목격자가 되고 말았다.

남자와 정희가 나누는 대화를 옆방에 있던 유정운은 고스란히 엿들었다. 사모님이 의심하는 그렇고 그런 짓은 발생하지 않았다.

그는 경찰관을 따로 불러내어 자신의 신분을 밝히고는 진실이 무엇인지 넌지시 흘려주었다.

그로부터 사흘 뒤 여자로부터 연락이 왔다.

그는 여자가 따라주는 술을 넙죽넙죽 받아 마셨다. 술에 취한 탓에 하지 말아도 될 얘기를 호기롭게 풀어놓았다.

─두 달 동안 동거했던 여자가 있었어요. 지금 생각해 보니 꽤 정이 깊었던 것 같아요. 왜 헤어졌을까요?

사실은 쓸데없는 얘기였다. 당연히 여자는 그의 시답잖은 소리에 흥미를 느끼지 못했다. 그래도 꼬박꼬박 대꾸는 해주었다.

여자 역시 마지못해 자신에 대해 조금은 털어놓았다. 그의 반복되는 강요와 억지 탓이었다.

─제가 이 정도 얘기했으면 정희 씨도 좀 털어놔 봐요.

참 뻔뻔하고 염치없는 짓이었다.

─2년간 만나던 남자와 얼마 전에 헤어졌어요. 별거 아니에요. 마음이 힘들거나 아프거나 그렇지도 않아요. 그냥, 씁쓸할 뿐이죠.

몇 마디 더 했었던 것 같은데, 그가 기억하고 있는 것은 이 정도가 전부였다.

그날 밤 술에 취해 두 사람은 인근 모텔을 찾았다.

새벽에 눈을 떴을 때 정희는 이미 사라지고 없었다.

이후로 꽤 오랫동안 정희를 잊고 지냈다. 하룻밤의 추억으로 가끔 술자리에서 되새겨지는 정도였다.

정희가 다시 그에게 연락한 것은 4개월쯤 지난 뒤였다. 한 계절이 바뀌었을 정도로 오랜 시간이었지만 정희는 단 한마디 말로 아주 쉽게 그간의 공백을 메워버렸다.

─임신했어요.

예전의 그였다면 분명 이런저런 얘기를 잡다하게 늘어놓았을 것이다. 신기하게도 그날 그때는 전혀 그렇지 않았다.

─우리 술 한잔할래요.

─임신했다니까요.

─아, 그렇네요.

커피숍에 마주 앉아 정희의 얘기를 잠자코 들어 주었다.

─저랑 결혼해요.

반대하지 않았다.

정희와 그는 띠동갑이었다. 상당한 나이 차가 있는데도 처가 쪽의 반대는 전혀 없었다. 상견례부터 결혼까지 빠르게 진행되었다.

결혼하고 넉 달 후 아이가 태어났다.

은서는 사랑스러운 아이였다. 함께 있으면 더없이 마음이 편하고 따뜻했다. 그는 아이 때문에 행복해질 수 있음을 비로소 믿게 되었다. 하지만 아이는 그의 가슴 한쪽을 무겁게 짓누르는 이유이기도 했다.

그는 아내 정희에게 거짓말을 했다.

어떤 여자와 두 달간 동거했다고 했지만 실제로는 2년간이었다. 그러는 사이 그 여자는 서너 번 임신했었다.

그는 아이를 원하지 않았다.

ㅡ며칠 전 젖을 먹이던 엄마가 아기의 얼굴을 제 가슴에 짓눌러 살해한 사건이 있었어. 목도 가누지 못하는 아이를 뒤집어놓아 질식사시킨 아빠 사건도 있었고. 생후 여덟 달 된 아기를 욕조에 빠뜨려 죽인 엄마도 있었고, 침대에서 떨어뜨려 죽인 아빠도 있었어. 세상은 참 끔찍해.

이런 말 같지도 않은 사건들이 하루에 한 달에 일 년에 얼마나 무수히 발생하는지 주절주절 늘어놓았다.

그 여자는 멍청하지 않았다. 큰 반발 없이 그의 뜻에 따라 주었다.

사실 그 여자가 반발하더라도 크게 상관은 없었다. 그녀가 낙태를 선언하기까지 얼마든지 그런 얘기들을 반복하여 들려줄 수 있었다. 그런 얘기들, 차고 넘칠 정도로 얼마든지 많았다.

늘 그의 말에 반발 없이 따라주던 그 여자가 한 번은 크게 소리친 적이 있었다. 반발은 아니지만 일종의 경고였다.

—이번이 마지막이야. 마지막이라고!

그리고 그 마지막 이후에 또다시 같은 상황이 찾아왔다. 그는 늘 그랬듯이 똑같은 얘기들을 나열했다. 그 여자는 듣기만 했다. 어떤 반응도 하지 않더니, 단 한마디를 남기고 그날 밤 집을 나갔다.

—콘돔도 안 하면서, 아이는 원하지 않고. 이기적인 새끼!

그 여자가 떠나고 사흘 후 그는 병원에 들러 정관수술을 받았다. 그의 아내 정희는 이런 사실을 전혀 몰랐다.

유정운은 정관수술을 받았던 병원 앞을 이런저런 이유로 자주 지나다녔다. 어쩌다 가끔 저절로 발길이 멈춰지는 경우가 있었다.

그럴 때면 머릿속에서 늘 한 가지 고민이 떠다녔다.

매번 같은 고민이었고, 그 고민의 결과 역시 이제껏 늘 같았다.

결국 그는 그 병원에 들어가지 않았다.

—이기적인 새끼. 이기적인 새끼가 무슨….

요즘 유정운은 아내 정희와의 관계가 매끄럽지 못했다.

아내는 곧잘 불만을 드러냈다.

아내는 모든 불화의 요인을 은지라고 했다.

딸 은서가 엄마 마음에 들지 않은 행동을 하면 그게 뭐든 무조건 은지 탓이었다.

은서가 밥을 안 먹어도, 은서가 엄마 말에 대꾸를 안 해도, 은서가 텔레비전을 좀 오래 보거나 은서가 학원 숙제를 등한시해도 그 책임은 모조리 은서가 아닌 은지에게 있었다.

은지는 어쩌다 굴러들어온 돌이었다. 조금 있으면 다시 어디론가 굴러갈 아이였지만 아내는 그 잠시를 참아주지 못했다.

아내의 불만은 점점 그 정도가 커져갔다.

이웃집 여자와 잦은 말다툼을 벌였고, 마트 직원과의 사소한 트러블에도 욕설까지 뱉으며 그악스럽게 화를 냈다. 이 모든 것도 재수 없는 아이 은지의 책임이라며 억지를 부렸다.

밥상머리와 침대맡에서도 아내는 끊임없이 은지를 트집 잡았다.

그때마다 유정운은 항상 같은 말만 되풀이했다.

"조금만 더 참아줘. 지금껏 잘 참았잖아."

"그러니까 왜 물건도 아닌 사람을 덥석 데려온 거야? 대체 누가 좋아한다고. 다른 사람도 있는데 왜 자기가 데려왔냐고!"

"그땐 그럴 수밖에 없었다니까."

"당신, 참 이기적이야. 나랑 우리 은서를 생각했어야지. 당신이 이기적인 거 당신만 모르고 다른 사람은 다 알걸!"

"그래. 내가 잘못했어. 잘못했다고."

"그 말도 지겨워. 도대체 언제까지! 언제까지 남의 애랑 함께 살아야 하는데? 쟤가 내 딸이야? 설마 자기 딸인 거야? 그래서 그래?"

"뭔 소리야? 절대 그런 거 아니야."

"자기, 전에 동거했다던 여자, 그 여자 지금도 만나는 거야? 만나지? 그렇지!"

"억지 부리지 마. 암튼 앞으로 길어야 이삼 일이야. 그때까지만 참으면 돼."

"거짓말하지 마. 과장님과 통화했는데, 더 길어질 수도 있다고 했어. 도통 연락이 안 된다고 했다고. 자기, 왜 나한테 거짓말해. 그런 식으로 얼렁뚱땅 넘어가면 끝이야? 그렇게 영영 쟤랑 같이 살라는 거야 뭐야? 확실하게 말 좀 해봐! 왜 자꾸 변명만 늘어놓는 건데!"

"진정해. 내가 어떡하든 방법을 찾을게. 팀원들에게도 말해놨어. 곧 당신이 신경 안 써도 될 거야. 믿어. 날 믿어

보라고.”

“더는 안 돼. 왜 하필 우리야? 왜 우리여야 하냐고! 더는 죽어도 안 돼. 당장 데리고 나가! 어디에 맡기든, 버리든, 아예 죽이든 당장 이 집에서 없애버리라고!”

은지가 유정운의 집에 온 지 이제 엿새째였다.

아내 정희가 처음부터 은지를 싫어했던 것은 아니었다.

은지는 영리한 아이였다. 딸 은서도 은지를 친언니처럼 잘 따랐고, 공부에도 꽤 도움을 주었다. 아내는 흐뭇하게 두 아이를 지켜보았다.

나흘째 되던 날 아내의 태도가 확연하게 달라졌다.

아내의 은지에 대한 트집잡기는 분명 그때 그 일과 무관하지 않았다.

사흘 전 유정운은 핀셋을 들고 딸아이의 방으로 들어갔다. 은지와 놀고 있던 딸아이가 핀셋에 관심을 보였다.

“그거 뭐할 건데?”

“머리카락 몇 개 뽑으려고.”

“아프잖아.”

“아니야, 별로 아프지 않아. 잠깐이면 끝나거든.”

“머리카락 뽑아서 뭐 할 건데?”

“그냥 뭐 좀 알아보려고.”

"뭘 알아볼 건데요?"

이번 질문은 딸아이가 아닌 은지의 질문이었다.

"그런 게 있어."

"그럼 저도 뽑아줘요."

"은지 너도?"

"언니가 하면 나도 할래."

그렇게 딸아이와 은지의 머리카락을 뽑았다. 두 아이는 머리카락이 뽑히면서도 서로를 마주 보며 까르륵 웃었다.

뽑은 머리카락을 비닐에 넣고, 방에서 나가기 위해 일어서는데, 그때 엉뚱한 목소리가 들려왔다. 그의 등 뒤쪽이었다.

"그걸로 뭘 할 건데?"

그의 아내 정희였다. 아내가 팔짱을 낀 채 문지방에 기댄 채 비스듬히 서 있었다.

"그게…."

아내의 눈빛이 싸늘했다.

"다시 물을까? 머리카락 뽑아서 뭐 할 건데?"

"그냥… 필요해서."

"뭘 하는데 필요한데?"

"그야…."

적당한 대답을 찾을 수 없었다. 유전자검사를 할 거라고 솔직하게 말할 수 없었다. 아내도 물론 그쯤 충분히 짐작한 눈치였다.

"뭘 알고 싶은데? 궁금한 거 있으면 나한테 물어봐. 그게 뭐든 다 말해줄게."

"그냥 일 때문이야. 그래서 은지의 머리카락이 몇 개 필요했을 뿐이라고."

뒤늦게 변명을 둘러댔다. 아내는 믿지 못하겠다는 듯 절레절레 고개를 흔들었다.

"당신 맘대로 해. 필요하다면 해야겠지. 그래도 궁금한 게 있으면 나한테 물어봐. 내게 직접. 쓸데없는 짓거리 하지 말고."

그때부터 아내는 모든 것에 예민하게 반응했다.

그는 아내에게 그 어떤 불만도 없었다. 아내에게 솔직하게 밝히지 못했지만 어쩌면 은서는 그의 친딸일지도 몰랐다.

손지선.

사건이 발생하고 이틀 후 뒤늦게 손지선의 사진을 확인했다. 보자마자 단박에 알아봤다. 이름도 생각났다.

손미자.

그녀였다. 손미자가 개명한 이름이 손지선이었다.

늘, 아니 가끔 궁금했다.

그녀가 그를 떠나고, 그녀는 어떤 선택을 했을까.

아이를 낳았을까. 아니면 늘 했던 대로 임신중절수술을 받았을까.

3

—

가죽 의자에 깊숙이 등을 묻은 채 수첩을 펼쳤다.

여자의 사진 한 장이 거기에 붙어 있었다. 사건현장 거실 서랍장에 사진첩이 있었고, 차요한이 통째로 그것을 가져왔다. 사진은 바로 그 사진첩 속에 들어 있던 손지선, 아니 손미자의 젊었을 적 사진이었다.

여자의 사진을 보았을 때 유정운은 그야말로 깜짝 놀랐다. 혹시나 했는데, 정말로 그 여자였다.

유정운은 그녀에 대해 좀 더 자세히 알고 싶었다. 그는 차요한에게 호적부를 떼어오라고 시켰다.

손미자가 이름을 개명한 날짜는 어림잡아 그를 떠나고 얼마쯤 후였다. 내친김에 그는 손지선이 된 그녀의 결혼 날짜도 확인했다.

하하.

좀 어이가 없었다.

손지선은 그를 떠나고 불과 석 달 만에 결혼했다.

떠나고 이름을 바꿨고, 다른 남자와 결혼했고, 아이를 낳았다.

손지선의 남편 장호철은 알고 있었을까. 은지가 자신의 아이가 아니라는 사실을? 혹 부부의 불화가 은지 때문이었던 걸까?

그렇다면 그에게도 책임이 있었다.

"쟤는 어떡하죠?"

퇴근 시간이었다. 조승준이 흰색 곰 인형을 안고 있는 은지를 턱짓으로 가리켰다. 팀원들이 약속이나 한 듯 모두 유정운을 주시했다.

다들 고만고만한 살림살이였다. 이런저런 이유로 선뜻 아이를 맡겠다고 나설 수 없는 처지였다. 어제는 당직팀 여형사가 당직실에서 아이와 함께 잤다. 오늘은 과장이나 유정운이 번갈아 가며 아이를 맡았다. 학교에는 따로 말해놓았다.

유정운이 펼쳤던 수첩을 덮으며 말했다.

"내가 데려갈게. 은서랑 지내면 돼."

유정운은 곧장 집으로 가지 않았다.

그는 몇 번 가봤던 한 패밀리 레스토랑에 먼저 들렀다.

아이가 좋아할 만한 것을 주문한 뒤 조심스럽게 은지와의 대화를 시도했다. 그가 궁금한 것은 아이의 엄마, 손미자, 아니 손지선에 대한 얘기였다.

손지선에 대한 얘기라면 어떤 얘기도 상관없었다. 무슨 얘기든 그녀의 얘기라면 무조건 듣고 싶었다.

"엄마하고 친했니?"

아이가 주스 잔을 들어 한 모금 마시고는 네, 라고 작게 대답했다.

"아빠보다 더?"

아이의 대답은 조금 전과 같았다. 단지 이번에는 목소리가 조금 컸다.

"엄마가 너한테 잘해줬어?"

"네."

"엄마가 널 부르는 애칭 같은 게 있었어?"

"모개라고 불렀어요."

모개라니.

"그게 무슨 뜻인지는 알아?"

아이의 고개가 좌우로 흔들렸다.

모개는 '모과'의 부산 사투리였다. 손지선의 고향이 부산이었다. 그녀는 가족도 친구도 자신을 모개로 부른다고 했다. 자기도 그 별명을 좋아했다.

－못생겼지만 향기가 좋잖아.

손지선은 결코 못생긴 여자가 아니었다. 향기도 좋았다.
그녀를 안고 있으면 이상하게 좋은 냄새가 났다. 마음이
편해서 자꾸만 안고 싶은 그런 여자였다.

"넌 짜장하고 짬뽕 중 어느 걸 더 좋아해?"

"짬뽕요."

아이의 엄마도 그랬다.

"엄마와 단둘이 있으면 엄마가 어떤 얘기 해줬어?"

"엄마 얘기요."

"어떤 얘기였는데?"

"엄마 어렸을 적 얘기. 아빠가 연애할 때 얘기도 해줬어
요."

"아빠가 엄마한테 잘해줬어?"

아이의 표정이 시무룩하게 변했다. 얼른 다른 질문을 했
다.

"엄마는 아빠에 대해 뭐라고 얘기했어?"

"가끔 마음을 아프게 하지만 따뜻한 사람이라고 했어
요."

손지선이 그에게 했던 말이기도 했다. 물론 그녀의 마지
막 말은 다른 말이었지만.

―이기적인 새끼.

그는 자주 이 말을 떠올렸다. 요즘도 크게 변하지 않았다. 그 말은 저주처럼 그의 몸 어딘가에 깊숙이 박혔고, 이제는 머릿속 세포가 되어버렸다.

그 말을 떠올릴 때마다 다른 생각도 덩달아 가끔 떠올랐다.

조금만 형편이 괜찮았다면 그녀에게 좀 더 잘해 줄 수 있지 않았을까. 정말로 조금만 더 형편이 괜찮았더라면 그녀에게 임신중절수술을 강요하지도 않지 않았을까.

언제나 고개가 옆으로 돌아갔다. 조금만 형편이 괜찮았더라면! 이 말이 언제나 그를 현실로 이끌었다. 그 끝은 언제나 같았다.

―이기적인 새끼.

유정운은 여전히 이기적이었다. 지금 그는 형사였다. 어린 여자아이를 앞에 두고 조사를 벌이고 있었다.

"아저씨가 보기엔 엄마와 아빠는 별로 안 친했던 것 같은데? 세탁소 아줌마가 그러는데 자주 다퉜다지?"

"그랬어요."

자기가 큰 죄라도 지은 듯 은지가 고개를 떨궜다.

"엄마 아빠, 그날도 다퉜니?"

아이가 모깃소리만큼 작게 네,라고 대답했다.

"안방에서 싸운 거야? 아니면 건넛방?"

"…엄마 방요."

그럼 안방이다.

"무엇 때문에 싸웠는지 넌 아니? 말하기 싫으면 안 해도 되고."

"이유는 모르는데, 아빠가 엄마한테 화를 냈어요."

"무섭게?"

아이가 묵묵히 고개를 한 번 끄덕였다.

"아빠가 술에 취해 그랬던 게 아닐까?"

"아니에요."

"그걸 어떻게 알지?"

"그냥 알아요."

"아빠가 술을 마시면 엄마를 때리기도 하고 그랬니?"

아이의 눈에 돌연 눈물이 맺혔다. 아이는 느릿하게 고개를 한 번 끄덕이는 것으로 순순하게 아빠의 폭력을 인정했다.

"엄마가 너한테 한 말이 있니? 마지막으로…."

"마지막으로요?"

"둘만의 비밀이라면 말 안 해도 되고."

아이가 기억을 더듬거리는 듯 주스 잔에 빤히 눈동자를 고정시켰다.

"주스 마시면서 얘기해도 돼."

아이가 그의 권유에 따라 주스 잔을 들어 한 모금 삼켰다. 컵에 눌린 불그스름한 자국이 입술 주위로 동그랗게 생겨났다.

"미안하다고, 자꾸 미안하다고… 그랬어요."

유정운은 아이가 한 말을 되새김질하기라도 하는 듯 잠시 뜸을 들였다가 말했다.

"뭐가 미안하지? 넌 그게 무슨 뜻인지 아는 거야?"

아이가 느릿하게 고개를 끄덕였다.

"아저씨한테도 말해줄 수 있니?"

대답을 듣기가 쉽지 않을 것이라고 내심 예상했었는데, 아이는 너무나 순순하게 이유를 말해주었다.

"아빠요. 다 아빠 때문이에요."

전에도 그랬다. 아빠 때문이라고, 아빠가 죽었다고. 정말로 아빠인 장호철이 손지선을 살해한 것일까. 그것을 확인하려는데, 하필이면 그때 주문한 음식이 나왔다.

유정운은 음식을 먹으면서도 다시 대화를 시도하려고 했다. 하지만 소용없는 짓이었다.

아이는 접시에 코를 박은 채 꾸역꾸역 입 안으로 음식을 밀어 넣었다. 아이의 볼이 미어터질 것처럼 팽팽하게 부풀어 있었다. 저러다 체하지 않을까 염려가 된 유정운은 잔에 물을 따라 아이 쪽으로 밀어주었다. 아이는 아예 그것을 못 본 척했다. 더는 한마디도 하지 않겠다는 결연한 의지임에 분명했다.

아이는 차에 타자마자 눈을 감았다. 변함이 없는 은지의 의지였다.

얼마쯤 후 아이의 몸은 옆으로 완전히 넘어가 있었다. 불과 며칠 사이 너무 많은 일이 일어났다. 아이의 조그마한 몸으로는 감당하기 힘든 잔인하고 끔찍한 일들이.

그는 충분히 이해할 수 있었다. 차라리 눈을 감고 싶었는지도, 눈을 감은 채 마냥 잠에 빠지고 싶었는지도.

유정운은 아이가 깨지 않도록 조심하며 되도록 부드럽게 차를 몰았다. 그래도 차는 흔들렸고, 그때마다 아이의 가슴에 안긴 곰 인형이 가볍게 엉덩방아를 찧었다.

집에 거의 이르러 아내에게 전화하여 일행이 있음을 알렸다.

―여자아이야. 은서보다 한 살 많은데, 은서처럼 귀엽고 예뻐. 은서보다는 눈이 좀 작지만.

미처 하지 못한 얘기도 있었다.

작은 눈이지만 아주 예뻐. 엄마를 쏙 빼닮았거든.

4

—

국과수에서 부검 결과가 통보되었다.

형사과장이 회의를 소집했다.

먼저 차요한이 동네 사람들을 대상으로 한 탐문조사 결과를 보고했다. 별다른 특이 사항은 없었다. 보고가 끝나고, 과장은 수고했어, 라는 짧은 말로 다음 보고를 주문했다. 이번에는 최준기가 나섰다.

"부부관계가 원만치 못한 탓에 장호철은 일부러 야근을 하거나 술자리를 만드는 일이 잦았다고 합니다. 술에 취하면 아내에 대해 이런저런 사소한 불만들을 토로하곤 했는데, 반대로 착한 여자라는 말도 자주 언급했다고 하더군요. 조사한 바로는 그에게 따로 여자가 있었던 건 아닙니다."

"착한 여자라는 건 어떤 의미야?"

"한번은 장호철의 집에서 손님치레를 한 적이 있답니다. 팀장으로 승진하고 나서 동료들을 집으로 초대한 자리였는데, 그날 손지선의 행동에 대해 동료 직원들이 하나같이 놀라워했다고 하더군요."

"얼마나 착하게 행동했길래?"

"그게 좀 이상하긴 합니다. 여느 부부와 달리 장호철과 손지선의 관계는 마치 주인과 노예처럼 보였다고 합니다. 손지선은 남편 앞에서 무릎 꿇고 앉아 시중을 들었고, 무엇을 건넬 때도 항상 살포시 고개를 숙인 채였다고 합니다."

"손지선이 일본 여자였어? 참, 어이가 없네."

"실제로 회사 동료들 사이에서는 손지선이 일본 여자라는 소문이 돌기도 했었답니다."

"그걸 강요한 게 남편인 장호철이겠지?"

"그런 것 같습니다."

최준기의 보고는 이후로도 좀 더 길게 이어졌다. 물론 장호철에 대한 가족관계, 회사에서의 인간관계, 금전관계 등에 대한 보고였다.

다음으로 보고에 나선 사람은 강민석이었다.

"두 사람은 결혼 후 다섯 달 만에 장은지를 낳았습니다. 이후로 아이는 생기지 않았는데, 장호철이 아닌 손지선 측에 이유가 있었습니다. 손지선은 자궁벽이 얇은 여자였는데 잦은 수술로 인해 자궁벽이 헐었고, 그런 이유로 착상이 어려웠던 것이 불임의 원인이었다고 합니다."

"잦은 수술이란 게 뭐야? 임신중절수술을 말하는 건가?"

"장은지가 태어난 병원 의사에 따르면, 결혼 전 여러 차례 낙태 경험이 있었다고 합니다."

"연애도 좋지만, 몸 생각을 너무 안 한 거 아냐?"

그 순간 유정운은 신음을 흘렸다. 저도 모르게 고개를 떨궜다. 그 시선에 잡힌 주먹이 부들부들 떨리고 있었다.

"건강공단의 기록을 보면, 결혼 전 손지선이 산부인과에 들른 횟수는 열댓 번 정도입니다. 통상적인 진료비 내역과 다른 경우가 세 번인데, 아마도 그쯤 낙태가 있었던 것 같습니다. 결혼 후에는 임신과 출산으로 꾸준하게 병원에 다녔고, 출산 후에도 상당히 오랫동안 병원에 다녔습니다. 알아보니, 불임 치료를 받았더군요."

"둘째를 임신하는 게 잘 안 됐던 모양이네."

"그런 것 같습니다. 간호사의 말에 따르면 손지선 본인이 원했다기보다는 장호철의 강압이 컸던 것 같습니다. 문제는 그 과정에서 장호철이 의사로부터 어떤 언질을 듣게 되었다는 겁니다. 그것은 불임의 원인, 다시 말해 손지선의 과거 낙태 경험에 대한 언급으로, 의사는 단순한 실수였다고 주장하지만 손지선의 입장에서는 꽤 대미지가 컸을 겁니다. 마지막 불임치료를 받은 날 이후로 부부관계가 급격히 안 좋아진 것도 사실이고요."

유정운은 이제 보고 따위에는 아무런 관심조차 없었다.

그는 지금 지독한 이명 같은 울림에 시달리고 있었다. 영원히 사라지지 않을 메아리처럼 그녀가 끊임없이 외쳐대고 있었다.

─이번이 마지막이야. 마지막이라고!

마지막은 조승준의 보고였다.

"국과수에 따르면 장호철은 테트로도톡신에 의한 중독사, 손지선은 질식사입니다. 특이한 것은 손지선에게서도 복어독인 테트로도톡신 성분이 발견되었다는 겁니다. 이점이 좀 이상한데요, 시간이 지나면 손지선 역시 장호철처럼 중독사로 사망할 수밖에 없는데, 왜 질식사로 사망했느냐 하는 겁니다."

"외력이 작용했나 보네."

과장의 입에서 이 말이 나왔을 때 유정운은 식은땀까지 흘리고 있었다.

"유 팀장. 몸이 안 좋아. 상태가 영 아닌 것 같은데?"

과장이 눈살을 찌푸리며 한마디 보탰다.

"술 좀 적당히 마셔라. 이제 몸도 생각할 나이야. 언제까지 그 몸이 버틸까."

과장이 조승준에게 고개를 끄덕였다. 조승준이 계속해서 보고했다.

"범인은 이런 사실을 전혀 몰랐던 것 같습니다. 그렇기에 손지선의 머리를 눌러 질식사시킨 것이 아닌가 추측됩니다. 장은지와의 대화 내용, 시신의 사망 형태 등을 참고하여 이에 대해 유추해 보면, 남편 장호철에게 복어독을 먹인 것은 손지선이 맞는 것 같습니다."

"그렇겠지."

"싱크대에 있던 커피 잔 두 개에서 미량의 복어독이 검출되었습니다. 하지만 손지선을 질식사시킨 사람이 장호철인지는 확실하지 않습니다."

"그렇지. 그 반대일 수도 있으니까."

"그 반대의 경우가 합리적인 점은 있습니다. 복어독 증상이 나타나면서 장호철이 사실을 알게 되고, 분노한 그가 결국 아내를 질식사시킨 것이 아닌가 추측이 가능합니다."

"그날 저녁 부부가 다퉜다고 하지 않았나?"

"네, 장은지가 그렇게 말했다고 팀장님께서…."

조승준이 힐끔거리며 유정운의 눈치를 살폈다. 왠지 심상찮은 분위기였다. 과장도 그것을 느꼈는지 잔뜩 미간을 찌푸린 채 고개를 절레절레 흔들었다. 뭔가 못마땅하다는 듯 고개를 돌린 과장이 다시 조승준에게 질문을 던졌다.

"커피를 마시면서 다투지는 않았을 테고, 결국 독 증상이 나타나면서 그걸로 다툼이 있었을 가능성도 있잖아. 물론 손지선이 방어조차 힘든 상황이었다면 얘기가 달라지겠지만."

복어독은 신경독이다. 복용한 양과 사람에 따라 사망에 이르는 시간에도 차이가 있다. 과장은 이 점을 짚은 것이다.

"말씀하신 대로 손지선이 그런 상태였을 것으로 추측됩니다."

"좋아, 괜찮은 설명이야. 앞뒤가 딱딱 떨어지네. 근데 말이지, 난 한 가지가 걸려."

과장은 단순한 것 같지만, 결코 단순하지 않은 한 가지를 지적했다.

"손지선의 시신은 발견 당시 엎어져 있었어. 그 상태로 이불을 덮고 있었고. 이건 어떻게 설명할 거야. 죽은 손지선 자신이 그렇게 했다고 할 거야? 아님, 장호철이 손지선을 살해한 후 그렇게 했다고 할 거야?"

"저희도 그게 좀 의아하긴 했습니다."

조승준이 유정운 쪽을 보았다. 가만히 있지 말고 뭔가 설명을 보태달라는 눈빛이었다.

"제가 생각하기엔…"

유정운이 입술을 떼자 과장이 피식 웃었다. 계속 말해 보라는 듯 팔짱을 끼며 소파 등받이에 등을 기댔다.

"배신감을 느낀 장호철이 손지선을 살해했지만, 그 결

과에 대해 당황해 했거나 어쩌면 조금은 후회했을 것으로 추측됩니다."

"미흡해. 과학수사와 어울리지 않잖아."

"그 자리에 아이가 있었다면요?"

"응?"

"그곳에 딸이 있었다면, 그 자리에 없었더라도 딸이 그것을 보았다면요?"

"음, 그래… 그건 말이 되는 것 같아."

"딸인 장은지가 그걸 목격했다면 장호철은 당황해 할 수밖에 없습니다. 뭐라고 둘러대야 했겠죠. 해서 죽은 손지선의 얼굴을 보지 못하도록 엎어놓은 게 아닐까 합니다."

"좋아. 인간의 마지막 양심쯤으로 이해하면 되겠어. 그러고 보면 인간이란 참 묘해."

동조해 달라는 듯 과장이 유정운에게 시선을 던졌다.

"이기적이기도 하고요."

"이기적? 그래, 그게 더 맞겠다. 하하."

하지만 이렇게 모든 사건이 해결된 건 아니었다.

"아! 복어독이라면 구토 증상 같은 것도 있었을 텐데, 그 흔적들이 어디 어디서 발견됐지?"

"안방과 건넛방, 침대와 이불에서 발견됐습니다. 바닥에도 여기저기 흔적이 있었을 텐데, 그건 발견하지 못했고요."

"이유는?"

"장은지가 닦았답니다."

"그 꼬맹이가? 어린아이가 그걸 했다고?"

"엄마인 손지선의 영향 탓일 겁니다. 평소 엄마의 행동을 고스란히 지켜보았을 것이고, 그래서 그것을 따라 했던 거죠."

"복어독은 어떻게 구한 거야? 밝혀진 게 있어?"

이것에 대한 설명은 조승준이 했다.

"처음에는 장호철 쪽인 줄 알았는데, 그건 아니었습니다. 사건 발생 열흘 전 손지선이 은행에서 오백만 원을 인출한 것으로 확인됐습니다. 이 돈의 사용처는 아직 드러나지 않았는데, 복어독을 구입하는 데 사용한 것으로 추측됩니다. 외사과 쪽 말을 들어보면 중국과 보따리무역을 하는 사람들을 통해 그걸 구할 수 있다고 하더군요. 실제로도 그런 예가 몇 번 있었고요."

"좋아, 다들 수고했어. 그만 나가 봐. 유 팀장은 잠시 남고."

모두 나가고 과장이 발을 포개고는 유정운을 가만히 노려보았다.

"오늘도 은서 엄마가 전화했더라."

"그래요? 왜요?"

"왜요? 알면서 뭘 물어? 은서 엄마, 그렇게 안 봤는데 성격이…. 암튼 네가 당하고 있는 건 아는데, 오늘 아니면 내일은 확실하게 온다고 했으니까, 넉넉하게 이틀만 참아. 이번에는 정말로 믿어도 돼."

"그런 거 아닙니다. 그 여자 그런 여자 아니에요."

"아니긴, 인마. 나한테 하는 거 보면 네가 어떨지 뻔히 짐작이 되는데. 뻔하지, 뭐."

"뻔한 거 아닙니다."

"그럼 뭐야? 은서 엄마 쪽이 아니면 네가 나한테 뭔가 불만이 있다는 거야? 그게 뭔데? 그것도 아니면 갑자기 죽을병에라도 걸렸냐?"

"아, 재수 없게 왜 그런 말을…."

"그럼? 대체 왜 이러는 건데? 이유가 뭐야?"

물론 이유는 있었다. 하지만 그 누구에게도 말할 수 없는 이유였다. 유정운의 침묵이 싫었는지, 과장이 짜증 난다는 표정으로 허공에 대고 마구 손을 휘저었다.

"나가. 나가, 인마!"

복도를 나갔을 때 과학수사팀의 신현우를 만났다.

"과장님한테 가는 거야?"

"예, 팀장님, 이것 좀 보실래요?"

신현우가 사진을 건넸다.

귀를 덮고 있는 머리카락 사진이었다. 바람에 날리는 연꼬리처럼 머리카락이 일정한 방향으로 흐르고 있었다. 한눈에 손지선의 사진이라는 걸 눈치챘다.

"커피나 한잔하면서 얘기하자."

자판기에서 캔 커피를 뽑아 들고 복도를 걸었다. 1층 건물 입구에 나와 밖을 보면서 캔 커피를 한 모금 마셨다.

"이 사진은 왜?"

한 모금 마신 뒤 물었다.

"죽은 손지선입니다. 사진에 이상한 놈이 섞여 있어요."

신현우가 눈짓으로 사진을 가리켰다.

유정운은 좀 더 세심하게 사진을 살폈다. 신현우의 말이 어떤 의미인지 곧 눈치챌 수 있었다.

다른 머리카락과 달리 단 한 올의 머리카락이 전혀 다른 방향으로 흐르고 있었다. 더욱이 그것은 검은색이 아닌 흰색이었다.

"빛 때문에 반사된 건가?"

신현우가 고개를 저었다.

"새치야?"

"그것도 아닙니다."

"그럼 머리칼에 이물질이 묻었다는 건데…."

"그게… 사진에는 찍혔는데 증거물로는 채취가 안 됐지 뭡니까."

신현우가 아랫입술을 깨물었다. 그가 무엇을 고민하는지 알 것 같았다.

"내 생각엔…."

그때 익숙한 듯한 여자의 얼굴이 불쑥 입구에 나타났다. 그 여자에게 시선이 꽂히는 순간 유정운은 저도 모르게 급히 숨을 되삼켰다. 여자는 죽은 손지선과 쌍둥이처럼 닮았다. 그녀의 뒤로 곧 노파의 모습도 나타났다. 그들이 누구인지 단박에 짐작했다. 유정운은 서둘러 신현우와의 대화를 끝냈다.

"별거 아냐. 사건과는 상관없으니까 신경 꺼."

"저도 그럴 거라고 짐작은 했지만, 암튼 다행이네요."

신현우의 어깨를 한 번 톡 쳐주고 유정운은 모녀에게 다가갔다.

"말씀 좀 여쭐게요."

손지선과 닮은 여자가 먼저 그에게 말을 건넸다. 유정운은 여자의 얼굴을 뚫어져라 살폈다. 바로 눈앞에서 보니 더욱 분명했다. 조금 얇은 듯한 입술, 조그마한 코, 그리고 작은 눈. 묘하게도 어느 것 하나 느낌이 다르지 않았다.

"강력2팀이 어디에…."

여자가 채 말을 끝내지도 않았는데 유정운이 먼저 대답했다.

"접니다."

여자가 무슨 소리인지 모르겠다는 듯 엄마 쪽을 보았다.

"저라고요. 제가 강력2팀장이 유정운입니다."

그제야 여자의 얼굴에 미소가 번졌다.

"은지와 많이 닮으셨네요."

"네, 제가 이모예요."

"따라오시죠."

유정운이 앞장서서 걸어갔다.

사무실로 들어가자마자 여자는 창가 쪽에 앉아 있던 은지를 찾아냈다. 오늘 출근하면서 은지를 일부러 데려왔다. 그러고 싶어서 그런 게 아니라 아내가 쫓아내다시피 은지의 등을 떠밀었기 때문이다.

이모보다 걸음은 노파가 더 빨랐다. 단숨에 손녀딸에게 달려간 노파가 앙상한 손아귀로 덥석 은지를 껴안았다. 곧 노파가 한바탕 눈물을 쏟아냈다. 저토록 많은 눈물이 노파의 버석한 얼굴 어디에 숨어 있었는지 의아할 정도로 노파의 슬픔은 격렬했다.

얼마쯤 지나고 노파와 은지가 유정운이 있는 곳으로 왔다. 은지는 여전히 흰색 곰 인형을 가슴에 꼭 끌어안고 있었다. 곰 인형의 털이 약간 지저분하게 보였다. 이모가 살짝 인상을 찌푸렸다.

"은지야, 그거 이모가 갖고 있을게."

여자가 곰 인형을 향해 손을 뻗었다. 하지만 은지는 강하게 도리질을 치는 것으로 이모의 요구를 거부했다.

"왜? 이모가 깨끗하게 세탁해서 돌려줄게."

은지가 고개를 저었다. 그리고 은지의 눈에 금세 눈물이 차올랐다. 조금 전 할머니가 펑펑 울 때도 울지 않던 아이였다.

이모가 당황스러워하며 노파와 유정운을 번갈아 보았다.

"그냥 놔두시죠."

유정운이 이모를 말렸다.

말릴 수밖에 없었다. 한순간 생각 하나가 뇌리를 가로질렀다. 동시에 신현우와 나누었던 대화가 고스란히 머릿속에 떠올랐다.

─빛 때문에 반사된 건가?

─새치야?

─그럼 머리칼에 이물질이 묻었다는 건데….

어쩌면… 어쩌면….

유정운은 한쪽 무릎을 꿇고 앉아 은지와 눈높이를 맞췄

다. 은지만 들을 수 있도록 귀에 대고 속삭였다.

"엄마가… 많이 힘들어했어?"

은지가 천천히 고개를 끄덕였다.

"엄마가 은지에게 부탁했어. 그래서 도와준 거고. 아저씨 말이 맞지?"

은지의 고개가 이번에도 위아래로 느릿하게 움직였다.

"곰 인형으로… 곰 인형이…."

유정운은 차마 뒷말을 잇지 못했다. 아니 굳이 하지 않아도 될 소리를 일부러 할 필요는 없었다.

"은지야, 이건 이제 버려야 해. 엄마도 그걸 원할 거야."

조금 전과 달리 은지는 거부하지 않았다.

유정운은 은지가 건네준 곰 인형을 가만히 내려다보았다.

"아저씨는 괜찮아. 이해해. 전부 다."

이모가 빈손이 된 은지의 손을 붙잡았다. 한쪽 손은 할머니, 한쪽 손은 이모. 괜찮을 것 같았다.

"그동안 고마웠습니다."

이모가 인사했다.

유정운은 이모가 아닌 은지에게 고개를 끄덕여 보였다.

세 사람은 곧 되돌아 입구를 나갔다.

유정운은 건물 입구까지 그들을 배웅했다.

입구를 나가 점점 멀어지는 세 사람의 뒷모습을 유정운은 가만히 지켜보았다.

세 사람의 모습이 완전히 사라졌을 때 유정운의 핸드폰이 진동했다.

핸드폰 저편의 목소리는 남자였다.

−친자검사 결과가 나왔습니다. 직접 방문하신다고 하셔서 전화드리는 겁니다.

그의 아내 정희는 은서가 자신의 친딸이 아니라는 게 드러날까 봐 두려워했지만, 그는 그에 대한 의문은 가슴 깊이 묻어두기로 이미 오래전에 작정했었다. 그가 친자검사를 의뢰한 건 은지였다.

손지선, 아니 손미자는 임신한 상태에서 그를 떠났다. 떠날 수밖에 없었다. 배 속의 그 아이, 어떻게 됐을까. 가끔 궁금했다.

"결과부터 알려주시겠어요."

−그래도 됩니까?

"네, 괜찮습니다."

−결과를 말씀드리면….

은지는 유정운과 친자관계가 아니었다.

확실합니까? 하고 되물으려다가 유정운은 도로 삼켰다.

그녀, 모개는 임신한 채 그를 떠났다. 석 달 후 결혼했고, 또 몇 달 후 아이를 낳았다. 은지였다.

하하.

그가 웃었다.

"잘했어. 모개야… 잘한 거야. 정말로… 잘한 거야."

그의 손을 잡고 있던 곰 인형이 웃었다.

허니문
파괴자

0
—

비, 소식이었다.

종일 내린다는 일기예보였다. 우중풍경을 즐기는 사람도 아닌데 이즈음의 비 소식을 좋아했다.

그럼 오늘은 당연히 기분이 좋아야 한다. 그런데 그렇지 못했다. 뭔가 마뜩잖은 사람처럼 내내 미간의 골이 깊었다.

아침에 집을 나서며 아내가 새로 사준 슈트를 입었다. 구두도 넥타이도 와이셔츠도 모두 새것이다. 슈트를 살 때 함께 샀다. 슈트와 구두를 깔맞춤 하듯 산 건 결혼 이후 이번이 처음이다. 좋은 날이었다. 어쨌든 그랬다.

딸의 결혼식.

외동으로 딸 하나만 22년을 키웠다. 딸의 성장에 아버지로서 그다지 많은 것을 함께했다고는 할 수 없다. 그래도 늘 딸과 아내는 곁에 있을 것이라고 믿었다. 그 마음을 언젠가 얼핏 내비쳤다. 딸과 아내는 그저 웃었다.

그 웃음의 의미를 깨달은 건 한 달 전이다. 그날 딸의 전화를 받고 부랴부랴 집으로 갔다.

"마이 홈!"

마이 홈인데, 웬 젊은 놈이 떡하니 그의 자리를 차지한 채 앉아 있었다. 놈이 소파에서 벌떡 일어나더니 깊숙이 허리를 꺾었다.

"처음 뵙겠습니다, 아버님."

아버님? 젊은 시절 만났던 숱한, 아니 이름도 흐릿한 두세 명의 얼굴이 찰나 눈앞에서 스쳤다. 그 당황스러움을 해결해 준 사람은 딸 연휘였다.

"아빠."

딸이 놈의 옆에 서 있었다. 놈을 쳐다보는 딸의 눈빛에서 꿀이 뚝뚝 떨어졌다.

이게 대체 무슨 일이지.

아내에게 고개를 돌렸다. 잠옷 차림으로 소파에 퍼질러

있던 사람이 오늘은 진한 화장에 못 보던 원피스까지 받쳐 입은 모습으로 생글생글 웃고 있었다. 머리에도 잔뜩 웨이브가 들어갔다.

"문성규라고 합니다, 아버님."

아버님.

태어나서 처음 들어봤다. 기분이 좋지도 나쁘지도 않았다. 그저 상황이 조금 어리벙벙했을 뿐이다.

상황은 사실 뻔했다.

처음 본 웬 놈이 딸의 곁에서 아버님이란다.

남친?

딱 그 정도로 이해했는데, 잠시 후 예상을 뛰어넘었다.

─하자는 없어. 둘이 결혼하겠대.

아내의 소곤거림이 어떤 의미인지 곧바로 깨달았다.

문성규의 나이는 스물넷. 딸과 두 살 차이였다. 군대는 다녀왔고 딸과 같은 2년제 대학을 졸업했다. 대학 졸업 전에 용케 9급 공무원에 합격했다.

그래서 뭐 어쩌라고? 무조건 결혼시키라고? 불퉁스럽게 쏘아붙이려다가 웃고 있는 딸을 보며 차마 그러지 못했다.

다만 소소하게 복수는 했다.

"초면에 아버님은…."

아내가 옆구리를 지그시 꼬집었다. 구겨진 얼굴로 아내

를 흘겨봤다. 아내는 아무렇지 않게 무시했다. 오히려 딸 쪽을 보며 눈매를 둥글게 휘었다. 딸도 제 엄마에게 방긋 웃어 주었다. 둘이서 암구호라도 주고받는 것 같았다.

익숙한 상황이 아닌지라 일단 옷부터 갈아입는다는 핑계로 안방으로 피했다. 옷을 갈아입는 둥 마는 둥 화장실에 박혀 담배를 뻐끔거렸다.

얼마쯤 지나서 아내가 화장실 문을 두드렸다.

"또 담배 피우지? 당장 못 나와!"

"방금 들어왔어. 진짜야."

오래 버티지 못하고 거실로 나갔다.

소파에 앉자마자 딸이 훅 치고 들어왔다.

"아빠, 나 결혼할래."

아무런 대꾸조차 하기 싫었다. 텔레비전 화면만 응시했다.

"여보. 축하한다고 해줘야죠."

아내가 옆구리를 쿡 찔렀다.

"응? 뭐? 왜?"

여전히 모른 척했다.

딸이 엄마를 보며 어이없어했다.

"아빠, 왜 그래? 삐졌어?"

집게 같은 아내의 손이 또다시 옆구리를 비틀었다.

"아, 응. 그래, 음, 그렇지. 으음, 그, 그래."

참고 버텼다. 조금 화가 났다. 불현듯 이게 뭐 하는 짓이지? 작당을 해도 정도껏 해야지 이건 해도 너무하지 싶었다.

결혼이라니. 저 어린 것이?

아주 멀고 먼 미래의 일이었다. 딸은 그냥 딸일 뿐이었다.

결혼? 스물둘에 무슨 결혼? 헛소리하지 마!

빽, 소리치고 싶었다.

하지만 그의 의심과 불만은 거기까지였다. 딸의 한마디에 모든 것이 연기처럼 사라졌다.

"아빠. 나, 임신했어요. 3개월이래."

이게 말이야 똥이야?

이게 끝이 아니었다. 뒷말은 더욱 가관이었다.

"이번이 두 번째예요."

전에는 어찌어찌 임신중절수술을 했는데, 더는 그 짓을 못 하겠다며 짜증을 부려놓았다.

기가 막혀 숨이 턱 막혔다.

허. 막장이네. 우리 집이 콩가루였네.

못마땅했다. 화가 났다. 끝내 버럭 화를 내려는데 그마저도 마땅치가 못했다. 아내의 집게 손이 옆구리를 지그시 꼬집었다. 아니, 쥐어뜯었다. 아팠다. 그 아픔 탓에 그만 한마디 할 타이밍을 놓쳤다.

딸도 눈치는 있었다.

"아빠가 섭섭한 거 알아. 나도 미안해 미치겠어. 하지만 어쩔 수 없잖아. 나, 또 수술해? 아빠가 돈 줄 거야?"

차라리 짐승들처럼 말이나 못 했으면 좋았을걸.

"돈은 무슨 돈! 결혼해."

아빠에게 항복 선언을 받아낸 딸이 방긋방긋 웃었다.

1

—

느지막이 눈을 떴다. 침대 옆에 있어야 할 아내가 어쩐 일로 보이지 않았다. 거실 소파에 누워 있겠거니 하며 침대에서 좀 더 빈둥거렸다. 등허리가 배길 즈음 마지못해 방에서 나갔다.

아내는 거실 소파에도 없었다. 화장실에 있나?

"거기, 있어!"

리모컨으로 텔레비전을 켠 뒤 그제야 휴대폰을 확인했다.

"어?"

아내에게 무려 여섯 통의 문자 메시지가 와 있었다. 내용을 붙여넣기 했는지 하나같이 같다. 심지어는 오타마저 똑같다.

[우리 아파트 아프에 잇는 헤어쇼옵므로 와. 장인이 머리 좀 하고 그래야지. 동네 챙피하니까아 씻고 좀 나오고!!!]

그제야 오늘이 딸의 결혼식 날인 게 생각났다.
"내가 결혼하냐? 헤어숍은 무슨. 돈 아깝게."
텔레비전에서 몸에 착 달라붙은 원피스를 입은 여자가 오늘의 날씨 정보를 알려주고 있었다. 봄비가 내린단다.
"봄비 좋지."
여자의 뒷말에 곧바로 인상이 구겨졌다. 황사비란다. 여자는 외출 시 반드시 우산를 챙기고 마스크를 착용할 것을 당부했다.
일기예보가 끝나고 아내로부터 재촉 문자가 왔다.

[당신,,, 왜 안 와? 빨랑 와. 빨랑!! 시간 없어!!!!]

"황사비라는데 무슨 헤어숍이야. 돈 아깝게."

결혼식장까지는 도보로 십오 분 거리. 느긋하게 걸음을 옮겼다. 하늘은 누르스름한 벽지로 도배한 것 같았다. 숨을 쉴 때마다 모래를 삼킨 것처럼 목구멍이 따끔따끔했다.

결혼식장에 거의 도착했을 즈음 황사비가 찔끔 내렸다. 그때뿐이었다. 건물 안으로 들어가 밖을 살폈지만 시커먼 하늘과 달리 빗줄기는 보이지 않았다.

12시쯤 아내와 딸, 그리고 사위가 도착했다. 아내가 그를 흘겨보며 편치 않은 심사를 드러냈다. 날이 날이다 보니 억지로 잔소리를 참는 눈치였는데, 아내의 그런 모습을 보고 있자니 왠지 좀 기분이 좋아졌다.

분주한 가운데 하객들과 인사를 나누는 사이 결혼식이 시작됐다. 긴장했는지 머릿속에서 웅 하는 소리가 났다. 전에 한동안 이명을 앓았다. 이후 없어졌나 싶었는데 그게 아닌 모양이었다. 하긴 이명은 불치병이라고 했다.

불편한 자리에 앉아 있는 사람처럼 인상을 찡그렸다. 엉덩이도 자주 들썩거렸다. 그런 남편이 못마땅했는지 아내가 슬그머니 손을 뻗어 허벅지를 꼬집었다.

얼마나 아프던지 하마터면 비명을 지를 뻔했다. 간신히 비명은 토하지 않았지만, 눈물은 참지 못했다. 그것도 꼴 보기 싫었나? 아내가 한마디 했다.

"웃어. 웃으라고, 이 화상아!"

울어도 시원찮을 판에 웃으라니. 내가 광대냐! 입도 뻥긋 못 하고 아내를 째려보았다. 아내는 웃고 있었다. 특히 카메라가 아내를 향할 때면 방긋방긋 헤프게 웃어댔다.

"웃으면 주름 더 많아져."

아내가 홱 고개를 돌려 노려보았다.

"어? 카메라."

아내가 반사적으로 고개를 돌리며 방긋 웃었다.

조금 의아했다.

'딸을 결혼시키는 엄마들의 보편적인 반응은 눈물 콧물 질질 짜는 거 아냐? 무슨 엄마가 계속 웃어? 그리 좋나?'

아내는 딸의 결혼을 진심으로 축하하고 좋아했다. 한 가지 이유였다.

―첫사랑에 성공하는 거, 로또에 맞는 것보다 힘들어. 넌 대단한 일을 해낸 거야.

딸과 사위는 서로가 첫사랑이었다.

그 말을 듣고 아내는 호들갑을 떨었지만 그는 속으로 혀를 찼다.

불쌍한 것, 청춘을 한 사람에게 홀라당 저당 잡혔어.

딸과 사위는 무려 8년간 연애했다. 딸이 중1, 사위가 중3 때 처음 만났다. 그 어린 나이에 만나 헤어지지 않고 결혼에까지 이르렀다는 게 기특했다. 둘만의 무슨 비법이라도 있는 걸까. 궁금했지만 차마 묻지는 못했다.

최근에야 알게 된 사실도 있었다.

굳이 따진다면 사위의 하자라면 하자였다.

사위는 부모운이 없었다. 부모 중 아버지는 사위가 어렸을 적에 집을 나가 살았는지 죽었는지 소식조차 모르고, 어머니는 병으로 오래 고생하다가 사위가 고등학교 1학년 때 저세상으로 떠났다. 수술을 받아야 하는데 집안 형편상 받지 못했다고 했다.

어머니가 죽기 전에도 그랬지만 이후에도 혼자 살아가기 위해 사위는 별의별 궂은일을 안 해본 게 없다고 했다. 그런 궂은날들의 흔적인 듯 사위의 한쪽 팔뚝에는 날카로운 것에 찢긴 것 같은 엷은 상흔이 있었다.

결혼식장 신랑 측 부모석에는 사위의 당숙 내외가 앉았다. 딸의 귀띔으론 결혼식 한 달 전 방문한 걸 제외하면 5년 만에 처음 얼굴을 보는 것이라고 했다. 결혼식이 끝나고 예의상 딸을 잘 부탁한다고 말을 건넸을 뿐 더는 대화를 나누지 않았다. 잠시 서먹해하다가 누군가 부르는 듯 서둘러 서로 등을 돌렸다.

하객들이 모두 돌아가고 신혼여행을 떠나는 딸 부부를 배웅하기 위해 밖으로 나갔다.

신혼여행지는 일본 오키나와였다. 원래는 유럽으로 가려고 했는데 임신 4개월인 딸 때문에 가까운 일본으로 정해졌다. 예정도 3박 4일로 짧았다. 바쁘게 일본에 다녀오느니 제주도로 가라고 권유했지만 딸은 오키나와에 꼭 가고 싶었다면서 일본행을 고집했다.

"둘이 참 잘 어울려."

사위의 친구가 운전하는 웨딩카가 출발하고 나서 아내가 말했다.

"뭐가 잘 어울려? 하나는 젓가락처럼 길쭉하고, 하나는 난쟁이 똥자루처럼 작은데."

"그러니까 잘 어울리는 거지. 자식은 적어도 평균 키는 될 거 아냐."

"둘 다 너무 어려. 싸우지나 말아야 하는데."

"어리긴 뭐가 어려. 연애 8년이면 서로 알 거 다 알고 싸움도 싸울 만큼 다 싸워봤을 텐데 뭐가 걱정이야."

나름 일리가 있었다. 아내와 만나 연애를 일 년 정도 했다. 서로 싸우고 신경전을 벌인 횟수만 해도 수십 번은 된다. 그때 누구든 한쪽이 헤어지자는 말을 했으면 바로 헤어졌을 거였다.

"그 말이 나와서 생각난 건데, 연휘가 중1일 때 집에 며칠 안 들어왔잖아. 그때 저놈이랑 둘이 놀러 간 거 아냐?"

"무슨 헛소리야. 그건 아주 친한 친구네 엄마가 돌아가셔서 그랬다니까."

"그 아주 친한 친구가 사위 놈 아니냐구?"

"뭐, 그랬던 것 같기도 하고."

"허. 이거 완전 가족 사기단이네. 나만 왕따였어."

"다 지난 일이야. 암튼 다 잘됐잖아. 아무 걱정 안 해도 돼. 연휘는 뭐든 잘할 거야. 연애 8년 경력을 무시하면 안 된다니까. 임신도 난 한 번뿐인데, 연휘는 이번이 두 번째라잖아. 나이만 적지 오히려 내가 뭐든 꿀린다니까."

"좋겠다. 딸한테 꿀려서."

"염려하지 마. 잘 살 거야. 이대로만 살면 되잖아. 이대로만."

이대로만. 아내의 중얼거림을 자기도 모르게 따라 했다.

신혼부부를 태운 차는 이미 눈에서 사라진 지 오래였다. 여전히 그쪽을 향해 시선이 박혀 있었다.

갑자기 눈물이 핑 돌았다. 실제로도 눈물이 뺨을 타고 흘렀다.

"지금 우니? 남자가?"

아내가 놀리듯이 그를 타박했다.

"여자만 우냐? 남자도 울어."

그때 그의 휴대폰이 진동했다.

액정에 뜬 글자는 박경환. 형사3팀은 물론 많은 동료 경찰이 결혼식장에 다녀갔다. 대부분 식당에는 들르지 않고 봉투만 놓고 갔다. 어떤 부서에서는 대표로 한 사람만 와서 여러 개의 봉투를 놓고 갔다. 그래도 형사3팀 사람들은 바쁜 와중에도 식사라도 하고 갔다. 그게 고마웠다.

"응, 나야. 오늘 고…"

고맙다고 얘기하려는데 경환이 반 박자 빠르게 치고 들어왔다.

─팀장님….

목소리가 무겁다. 사건인가? 직감적으로 이런 생각이 고개를 빼죽 내밀었다. 눈치 빠른 아내가 옆에서 끼어들었다.

"왜? 무슨 일이야?"

그 말을 똑같이 경환에게 패스했다.

─팀장님 그게 말입니다…. 연휘요….

뜬금없이 경환의 입에서 딸의 이름이 나왔다. 연휘? 순간 의문이 불안으로 바뀌었다.

"연휘는 왜?"

순간 아내의 예사롭지 않은 눈초리가 그에게 향했다. 괜히 딸의 이름을 말했구나 후회했지만 이미 늦었다. 모른 척 경환의 다음 말을 기다렸다.

—그러니까 그게….

"응. 신혼여행 방금 떠났어. 즐겁고 행복하게. 오늘 왔다 가서 고마웠고. 그래, 별일 없지?"

아내의 불안감을 더는 키워주고 싶지 않았다. 애써 덤덤하게 반응했다. 에둘러 말했지만 경환이 모를 리 없었다.

경환은 헛기침을 한 뒤에야 실토했다.

—연휘네 신혼집… 털렸습니다.

"…그래. 그렇게 됐군."

속으로 한숨을 삼켰다. 어째 이런 일이. 하필이면 결혼식날에 털리다니. 그것도 하필이면 딸네 신혼집이.

마음이 드러났는가. 아내가 손끝으로 그의 옆구리를 쿡 찔렀다. 입술을 오물거리며 무슨 일인지 재차 물었다. 휴대폰을 다른 손으로 옮겨 잡으며 일부러 눈을 부라리며 인상을 썼다.

"뭐, 그럴 수도 있지. 사는 게 다 그런 거잖아."

—…?

"응, 그래, 알았어. 수고하고."

—…예.

통화가 끝나자마자 아내가 무슨 일인지를 캐물었다.

"사건이지 뭐겠어."

"연휘 얘기 아녔어?"

"연휘 배가 많이 나온 것 같다고. 형사들인데 그쯤 모를까. 아, 쪽팔려."

"쪽팔리긴 뭐가 쪽팔려? 우리도 연휘 갖고 결혼했는데."

"어? 그랬나?"

"당신…"

갑자기 아내의 눈초리가 가늘게 변했다. 무슨 소리가 나올지 몰랐지만 그냥 불안했고, 얼른 입을 막았다.

"아, 통화하는데 왜 자꾸 옆구리를 찌르고 그래! 그게 얼마나 아픈지 알아. 나도 한번 찔러봐. 엉!"

아내가 샐쭉하니 입술을 뾰족 내밀었다.

"나 곧바로 회사 나가 봐야 하니까, 처제랑 먼저 들어가."

그러면서 결혼식장 건물 한쪽으로 걸어갔다.

"어디 가? 회사 간다며!"

"아, 담배 한 대 피울 거야."

골목에 들어가 힐끔 보니 아내가 휴대폰을 만지작거리고 있었다. 아차 싶었다. 경환이한테 전화하는 거 아냐? 아내는 눈치 9단, 반쯤은 족집게 점쟁이였다. 그가 일로 외박을 했는지, 술을 마시다 외박을 했는지 매번 귀신같이 알아챘다. 얼른 경환에게 전화해서 아내에게 전화 오면 대충 둘러대라고 말해두었다.

담배 맛이 썼다. 딸, 연휘의 신혼집이 털렸다. 하필이면 부부로서 첫출발을 하는 오늘이라니. 착잡한 마음을 담배 연기와 함께 한숨으로 밀어냈다. 하늘은 여전히 누르스름 했다. 먹구름의 불룩한 배가 딸의 배를 연상시켰다.

"엠병할 놈의 날씨. 지랄 같네."

하늘이 들었는가. 기분이 상했는가. 갑자기 공기의 파동이 달라졌다.

후드득. 후드득.

시커먼 아스팔트에 빗방울이 내리꽂혔다. 금세 머리칼이 축축하게 가라앉았다.

한 여자의 앙칼진 욕설이 들려 그쪽을 보니 아내가 하늘을 향해 삿대질을 해대고 있었다.

몇십만 원을 들여 머리를 했는데 겨우 몇 시간을 못 버텼다. 아내는 애들이 신혼여행에서 돌아올 때까지 지금 머리를 유지할 거라고 했다. 꿈이 야무졌다.

"뭐든, 마음대로 안 되네."

2
—

택시 차창으로 빗방울이 부딪혔다. 고개를 돌려 후면유

리 너머를 살폈다. 아내는 우산을 받쳐 든 처제와 함께 이쪽을 지켜보고 있었다.

휴대폰을 만지작거리다 결국 아내에게 전화했다.

"집에 가 있어. 처제네도 그렇고, 암튼 돈 아끼지 말고 잘 좀 대접하고."

미안해. 이렇게 덧붙이려다가 그만뒀다. 그 얘기를 하는 순간 울컥할 것 같았다. 나이 오십. 눈물이 흔해졌다. 드라마를 보면서도, 별것 아닌 남의 얘기를 들으면서도 느닷없이 울컥울컥했다. 자살한 사람의 시신 앞에서 눈물이 흘러나와 당황스러웠던 적도 있었다. 따지고 보면 아내의 헤픈 웃음만큼이나 그의 눈물도 헤펐다.

아내는 딱 한 마디만 했다.

─괜찮지?

뭐가? 이렇게 되물으려다가 통화가 길어질 것 같아 응, 이라고 대답한 뒤 곧바로 전화를 끊었다.

택시 지붕에 부딪히는 빗방울 소리가 요란했다. 그 소리가 거슬렸는지 택시 기사가 슬그머니 라디오를 켰다. 오래전에 들었던 노래가 흘러나왔다. 희한하게도 노랫소리가 빗소리로 들렸다.

노래를 듣는지 빗소리를 듣는지 헷갈렸다. 아무러나 상관없었다. 그저 가만히 눈을 감고 참았다.

생각이 번잡했다.

'하아, 요즘엔 도둑도 드문데, 재수가 없는 건가.'

다른 생각도 들었다.

'사위 놈하고 우리 딸이 사주팔자가 안 맞나? 첫날부터 이럼 곤란한데. 아님, 액땜인가?'

아직 확인된 것은 아니지만 무엇인가를 잃어버렸다면 아마도 결혼 패물일 것이다.

딸이 돌아오기까지 3박 4일. 그때까지 범인을 잡아야 한다. 아니, 그보다 더 중요한 일이 있었다.

'범인을 잡으면 뭐 해. 잃어버린 패물을 못 찾으면… 아, 골치 아프네.'

경환에게 딸의 신혼집이 털렸다는 얘기를 듣자마자 그는 한 가지 결심을 했다.

'내 딸 결혼 첫날에 구정물이 튀게 할 순 없지. 딸, 아빠가 해결해 줄게. 넌 아무 걱정도 하지 마. 아니, 넌 몰라도 돼.'

처음처럼. 아무 일도 없었던 것처럼.

딸의 결혼생활을 불행과 불운으로 시작하게 할 순 없었다. 더욱이 아빠가 형사였다. 자존심이 허락하지 못할 일이었다.

한 가지 다른 결정도 해야 했다.

아내에게 숨길 것인가, 솔직하게 말할 것인가.

아내에게 숨기는 게 맞는 것 같았다. 아무렇지 않게 행동한다고 해도 끝까지 아내에게 숨길 자신은 없었는데, 생각해 보니 꼬박해야 3박 4일이었다. 그때까지 해결되지 않는다면 더는 숨기려야 숨길 수도 없었다.

택시에서 내리자마자 비를 피해 재빨리 아파트 입구로 뛰어갔다.

딸의 신혼집은 H아파트 101동 603호. 전세 계약 후 내부 수리를 하기 전에 딱 한 번 와 봤다. 소형 평수로 지은 지 30년이 넘은 아파트였다. 복도식이 아닌 계단식이었고, 젊은 사람들이 많이 살고 있어서 신혼살림을 시작하기에 나쁘지 않았다.

문 쪽으로 걸어가며 아내에게 다시 전화했다.

"어디야?"

일부러 불퉁스럽게 물었다.

─집.

"신혼집이 털렸대."

아내는 잠자코 다음 말을 기다렸다. 그녀의 초조함과 불안감이 저절로 느껴졌다.

"긴장하지 마. 연휘네는 아니니까."

휴대폰 저편에서 낮게 내뱉는 안도의 숨소리가 들렸다.

"애들 말이야. 패물 같은 거 자기 집에 있겠지?"

―그게 당연한 거 아냐.

엘리베이터는 6층에 멈춰 있었다. 버튼을 누르는데 조금 짜증이 났다.

"우리 집에 놔둘 걸 그랬어."

―그렇게 말한들 퍽이나 그 말을 듣겠다. 걔가 그걸 들을 애야.

틀린 소리는 아니다. 엄마뿐만 아니라 아빠인 그의 말도 딸에게는 통하지 않는다. 고집이 이만저만 아니다. 어렸을 적부터 딸 하나라고 예쁘다 귀엽다 온갖 걸 다 받아주면서 키워서 그렇다.

"알았어. 좀 늦을 거야."

더는 할 말이 없었다. 결혼 패물이 어떤 것들인지 알아보려고 전화한 건데, 막상 통화를 하니 그럴 수가 없었다.

―딸이 결혼한 날인데, 기분이 좀 그렇다. 오늘 같은 날 나가서는.

"일이잖아. 내 일인데 어떡해. 하루이틀도 아니면서 새삼스럽게.

엘리베이터가 1층에 도착했다. 곧바로 문이 열렸다.

―많이 늦어?

"전화할게. 끊어."

엘리베이터에서 내리며 지그시 손아귀를 움켜쥐었다. 경환과 막내인 상준이 그를 맞이했다. 과학수사팀도 이미 출동해 있었다. 괜히 멋쩍었다.

"아직 멀었어?"

과학수사팀 형사 셋 중 최고참인 '너구리'의 어깨를 툭 치며 물었다. 짙은 다크서클이 특징인 친구인데, 그래서 별명이 너구리였다. 너구리는 최근에 결혼했다.

"아뇨. 저희도 방금 왔어요."

"아무쪼록 잘 부탁해. 이왕이면…"

좀 깨끗하게. 이 얘기를 하려다가 침과 함께 도로 삼켰다. 이곳저곳 지문을 검출하고 나면 집 안은 흑색 가루로 더러워질 수밖에 없다. 깨끗하게 하라는 건 대충 일하라는 얘기와 같다. 처음부터 용납될 수 없는 얘기였다. 말을 바꿨다.

"철저하게 해."

클린가드를 입은 과학수사팀이 바쁘게 움직였다. 철웅도 발에 비닐 커버를 씌운 뒤 안으로 들어갔다. 딸의 집에 이렇게 처음 방문했다. 결혼식장에서 사용했던 흰 장갑을 꺼내어 손에 꼈다.

크지 않은 방 두 개에 욕실 겸 화장실 하나, 그리고 좁은 거실. 벽지와 거실 바닥은 흰색이었다. 거실과 주방은 따로 분리돼 있지 않았다. 세탁기는 베란다 한쪽 끝에 처박혀 있었다. 꽉 끼는 게 저걸 어떻게 저기로 넣었을까 신기할 정도였다.

"이게 무슨 궁궐 같은 집이야. 하여튼 뻥은…."

딸의 신혼집을 다녀온 아내는 궁궐 같다고 했다. 그래서 그런가 보다 했다. 그런데 오늘에서야 아내의 그 말이 어떤 의미인지 깨달았다. 그와 아내는 방 한 칸짜리 사글셋방에서 시작했다. 아내는 그걸 비꼬았던 것이다.

"집, 괜찮네요."

경환이 옆에 붙었다.

"그러게. 이 정도면 신혼집으로 궁궐이네."

"그럼요. 살림살이도 깔끔하고, 딱 좋은 것 같아요."

"새로 싹 했으니까."

도배뿐 아니라 전등과 싱크대, 욕실, 거실 바닥을 통째로 교체했다. 거기에 전부 새것인 살림살이들이 들어왔다.

"그런 것 같아요. 아기자기하고 심플한 게 영락없는 신혼집 분위기네요."

딸이 직접 꾸몄다고 했다. 딸에게 이런 재주가 있었는지 오늘에서야 알았다.

너구리는 침대가 있는 안방에 있었다. 대부분의 사람은 중요한 물건을 안방에 보관한다. 당연히 도둑도 안방부터 뒤진다.

물론 그렇지 않은 경우도 있다. 아마추어 범죄자들이 그렇다. 아마추어답게 방마다 다 뒤져서 온 집 안을 쑥대밭으로 만들어놓는다.

"팀장님."

너구리가 그를 불렀다.

"엉망이네."

제일 먼저 침대 위에 아무렇게나 널브러져 있는 옷들이 눈에 띄었다. 속옷도 보였다. 민망했다. 아무리 형사라고 해도 딸의 속옷이 아무렇지 않게 다른 사람들에게 공개되는 게 기분 좋을 리 없었다. 하지만 어쩔 수 없었다. 과학수사팀의 작업이 끝나지 않는 한 현장은 이대로 보존돼야 한다.

"잠깐 내가 좀 봐도 될까?"

"그렇게 하시죠."

패물이 있을 만한 곳을 꼼꼼하게 살폈다. 그리 오래 걸리지 않았다. 겨우 일이 분 만에 끝났다. 아무것도 발견하지 못했다.

안방에서 나와 맞은편 작은방으로 갔다. 안방과 달리

문이 닫혀 있었다. 조심스럽게 문을 열고 안으로 들어갔다. 깜짝 놀랐다. 조금 당황스럽기도 했다. 작은방은 아기방이었다. 아기침대와 신발, 옷, 출산용품들이 가지런히 정리되어 있었다. 다행히 아기방은 부정한 이의 손길이 닿지 않은 듯했다.

그래도 확인은 필요했다. 조심스럽게 작은방 곳곳을 살폈다.

이번에도 그리 오래 걸리지는 않았다. 안방과 마찬가지로 아무것도 발견하지 못했다. 작은방에서 나와 싱크대 수납장, 화장실, 냉장고 등도 살펴봤지만 결과는 별다르지 않았다.

작은 집이었다. 무엇인가를 숨겨둘 만한 공간이 그리 많은 것도 아니다. 문밖에서 대기 중이던 경환과 상준이 다가왔다.

"피해가… 어때요?"

철웅은 흰 장갑을 벗어 주머니에 찔러넣은 후 대답했다.

"결혼 패물들이 안 보여."

예상했다는 듯 다음 질문은 없었다.

"어떻게 신고가 들어온 거야?"

경환은 대답 대신 눈짓으로 그의 한쪽 가슴께를 지그시 내리눌렀다.

"팀장님, 꽃…."

그의 슈트 깃에 아직도 작은 꽃다발이 매달려 있었다. 얼마나 허둥거렸으면 이것조차 몰랐을까. 민망했지만 그렇지 않은 척 꽃을 빼내 안주머니에 넣었다.

둘은 현관문 밖으로 나왔다.

"신고가 들어왔어요. 신고자는 앞집 604호 여자고요. 외출했다 돌아왔는데, 여기 문이 활짝 열려 있더랍니다. 문 앞에서 여러 번 불렀지만 아무런 대답이 없어서 뭔가 이상하다는 생각에 안으로 들어갔고요. 안방이 엉망인 것을 보고 휴대폰으로 112에 신고한 겁니다."

"신고자는 집에 있는 건가?"

경환이 고개를 끄덕였다.

"근수하고 주동이는 왜 안 보여?"

"탐문조사 보냈어요."

"우리 애 때문에 고생이 많네. 미안해."

"이게 우리 일인데요, 뭐."

과학수사팀원 중 한 명은 현관문 손잡이와 전자키 등의 지문 검출 작업을 시작했다. 그곳에 검은색 가루가 묻는 것을 보면서 어쩔 수 없이 한숨이 나왔다.

"여기 엘리베이터에 시시티브이 있던데…."

"아, 예. 엘리베이터와 어린이 놀이터에 시시티브이가 있더라고요. 다른 데는 없답니다."

"확인해 보고, 나오는 거 있으면 알려줘."

"예, 그럴게요."

손으로 입가를 매만졌다. 딸은 담배 피우는 걸 질색하며 싫어했지만 지금은 담배가 간절했다.

"너무 염려 마세요. 얼른 잡으면 되죠. 최대한 원래대로 해놓으면 되잖아요."

상준이 그의 속내를 짚듯이 말했다. 그는 연휘하고 특히 친했다. 나이가 네 살밖에 차이가 나지 않아서 연휘는 그를 오빠처럼 잘 따랐다. 다른 사람은 아저씨라고 불렀는데 상준에게만은 늘 오빠라고 불렀다. 상준은 각오를 다지듯 입술에 꾹 힘을 주었다.

"그래, 그랬으면 좋겠는데…."

속으로 한마디 더 보탰다.

감쪽같이.

감쪽같아야 했다. 처음부터 아무 일도 일어나지 않았던 것처럼.

층계참을 올라가 담배를 입에 물었다. 비는 그쳐 있었다. 초저녁 같은 하늘빛이었다. 유리창에 부딪힌 담배 연기가 마치 폭탄의 버섯구름처럼 옆으로 쫙 퍼졌다. 순간 가슴이 덜컥했다.

폭탄.

시한폭탄 하나를 가슴에 매달고 있는 기분이었다. 그만의 위기였다. 이제껏 이런 위기는 없었다. 아니, 위기라고 부를 만한 일을 거의 겪지 않았다. 특별할 것 없이 무난하게 살아왔다. 이런 일이 닥칠 것이라곤 상상조차 해본 적이 없었다.

후회가 싸하게 밀려왔다.

따지고 보면 범죄 피해자들은 늘 이런 기분이었을 것이다. 그들을 이해한다고 생각했지만 사실은 그것이 아니었나 싶었다. 그들은 그에게 사건진술서에 적히는 피해자의 이름 석 자일 뿐이었다. 더도 덜도 아닌 딱 그 정도. 그런데 지금 그 자신이 그런 입장이었다.

후—

다시 연기를 밀어냈다.

층계참에서 그는 내리 세 개비의 담배를 연기로 없앴다. 한 가지 질문이 내내 머릿속에서 맴돌았다.

하필이면 왜 내 딸일까?

염려되는 건 형사 당사자나 그 가족을 대상으로 한 보복 범죄였다. 흔하지는 않지만 가끔 이런 경우가 있었다. 만일 이번 사건이 이런 경우라면, 하는 염려가 머리를 더욱 복잡하게 했다.

3박 4일.

사건을 해결하지 못한다면 딸에게 뭐라고 변명해야 할까? 딸의 원망을 어떻게 감당해야 할까? 고민이 더욱 깊어졌다.

"이 팀장님!"

계단 아래쪽에서 '너구리'가 그를 불렀다.

"여기 와 보셔야 할 것 같아요."

서둘러 계단을 내려갔다. 그가 안으로 들어갔을 때 너구리는 싱크대 앞에 서 있었다.

"뭔데?"

"이게 좀 이상해서요."

싱크대 앞 조그마한 2인용 식탁이 있었다. 벽에 붙여놓은 식탁에는 조화를 수북이 꽂아놓은 화병과 노란색 비닐봉지 하나가 놓여 있었다. 너구리의 시선이 가리키는 건 노란색 비닐봉지였다.

"택배로 받은 건가?"

비닐봉지는 지퍼가 달린 검정색 택배용 봉투였다. 일명 박스테이프로 불리는 갈색의 OPP 테이프가 길게 한 바퀴 둘러져 있었다. 비닐봉지 아래쪽이 뭉툭했다. 택배 스티커는 보이지 않았다.

"지문 검출작업은 이미 끝났어요. 뜯어볼까요?"

너구리는 허락을 받듯이 물었지만 커터 칼을 쥔 손은 이미 테이프를 가르고 있었다.

"이건…."

흰색의 머그컵이었다. 컵을 눈높이에 들고 너구리가 이리저리 살폈다.

"여기 좀 보세요."

너구리가 컵을 반 바퀴쯤 돌려 한쪽을 그에게 보였다.

작은 글씨로 새겨진 영어였다.

'cafe holmes'.

그 위쪽으로 담배 파이프를 입에 문 셜록 홈스의 옆모습이 검정색으로 새겨졌다.

"일단 지문부터 뜰게요."

가만히 고개를 끄덕여 동의했다. 너구리는 지문 검출작업을 시작하기 전 카메라로 몇 장의 사진을 찍었다.

그동안 그는 싱크대 수납장 안을 살폈다.

컵들은 종류별로 두 개나 네 개씩 짝이 맞춰져 있었다. 식탁 위에 놓여 있는 흰색의 머그컵과 짝이 맞는 컵은 보이지 않았다.

수납장 문을 닫고 휴대폰으로 '카페 홈스'를 검색했다. 많으면 어쩌나 걱정했는데, 검색 결과는 딱 한 군데였다. 즉시 그곳으로 전화했다.

벨이 계속 울렸지만 전화는 받지 않았다. 한 번 더 반복해서 전화했지만 마찬가지였다. 오늘은 일요일, 휴일인 것 같았다.

한 시간쯤 지나서 과학수사팀의 작업이 끝났다.

집 안은 처음과 비교하여 더욱 엉망진창이 되었다. 집 안 곳곳에 과학수사팀의 흔적이 남았다. 어쩔 수 없다고 해도 기분이 좋을 리 없었다.

과학수사팀은 너구리만 남고 각자 장비를 챙겨 집 밖으로 나갔다. 너구리가 뒤통수를 긁적이며 그에게 다가왔다.

"수고했어."

"죄송합니다. 최대한 깨끗하게 하려고 하긴 했는데…"

"어쩔 수 없지."

너구리가 귓불을 만지작거리며 거실 쪽으로 고개를 돌렸다. 뭔가 할 말이 있는 낌새였다.

"할 말 있으면 해."

"지금 여기에 신혼부부만 살고 있는 거죠?"

너구리는 일부러 딸의 이름을 피했다.

이 집에는 딸이 아닌 사위 혼자 살고 있었다. 이 집을 구하고 수리가 끝난 뒤 곧바로 이사했다. 불과 열흘쯤 전이다. 이후 딸과 아내가 뻔질나게 드나들었을 것이다.

"그건 왜?"

"얼핏 봐도 비슷한 지문이 많이 발견돼서요."

"내 딸과 사위, 내 집사람 지문이 좀 발견되겠지."

도배를 끝내고 며칠 후부터 냉장고, 세탁기 등의 살림살이가 하나씩 배달되었다. 그때마다 아내는 임신한 딸 대신 그것들을 닦고 정리했다. 사위가 이 집에 들어오고 나서도 마찬가지였다. 아내는 살림 솜씨가 야무진 여자였다. 모르긴 몰라도 새로 들어온 가전제품이나 그릇들을 깨끗이 닦아놓았을 것이다. 그렇더라도 이 집에서 발견되는 지문 대부분은 아내와 딸, 사위, 이렇게 세 사람의 것이어야 한다. 아직 결혼식을 올리지 않은 딸과 사위가 이곳에 누군가를 불러 술판을 벌이거나 하지는 않았을 것 같았다.

"머리카락이나 체모는 어때?"

"별로 발견된 게 없긴 한데, 곱슬머리하고 파마 머리칼이 발견됐어요."

사위는 곱슬머리였고, 아내와 딸은 파마머리였다.

"머그컵은 어때?"

"지문 하나가 나왔어요. 선명하게요. 근데 그게 좀 이상해요. 마치 지장을 찍듯이 하나만 나왔어요. 한눈에 보기에도 엄지 같고요."

"자연스럽게 묻은 지문은 아니라는 거네."

"예. 일부러 남긴 것처럼 보여요."

"이 집에서 많이 발견되는 지문과 비교해서 어때? 그중에 하나 같아?"

"글쎄요. 그건 확인을 해봐야겠지만, 눈으로 봐도 좀 다른 것 같긴 해요."

"그래?"

첫 번째 단서였다. 어쩌면 결정적인 단서가 될지도 몰랐다.

"지문 비교해 보고 연락 주고, 머그컵 지문과 다르게 나오면 그 즉시 신원도 확인해 주고."

"예, 알겠어요."

아파트 베란다 쪽으로 침입한 흔적은 발견되지 않았다. 그렇다면 현관문 전자키 비밀번호를 누르고 침입했다는 것이다. 전문가 솜씨였다.

문득 떠오르는 인물이 있었다.

'허니문 파괴자'로 언론에서 이름 붙였던 그놈.

놈은 신혼집 전문털이범이었다. 그의 팀이 7년 전에 체포했다. 체포되기 전까지 동종 전과가 전혀 없었다. 그만큼 완벽한 범죄를 저질렀다.

놈에 대해 언론이 집중한 것은 석 달 동안 열 번 넘게 신혼집이 털린 다음이었다. 결혼식 시간에 얼추 맞춰 작업에 들어가는 묘한 악취미가 있었다.

'그놈이 한 짓일까? 놈의 이름이 뭐였지?'

나이 탓인지 요즘은 기억력이 예전 같지 않았다. 무슨 얘기를 하다가도 단어가 생각나지 않아 더듬거리는 일도 많아졌다.

그때 앞집 604호의 문이 빼꼼 열렸다. 열린 문 옆으로 젊은 여자의 얼굴이 조금 삐져나왔다. 여자는 그와 눈이 부딪치자 얼른 문을 닫으려고 했다.

"잠깐만요."

여자를 불러 멈추고는 신분증을 내밀었다. 여자는 이미 알고 있다는 듯 신분증은 확인조차 하지 않고 그의 얼굴을 빤히 쳐다봤다.

"신고하신 분 맞죠? 잠깐 얘기 좀 하시죠."

"아까 형사분께 다 말씀드렸는데….

"압니다. 제가 물어보려는 건 다른 내용입니다."

여자의 양쪽 눈 밑으로 기미가 자글자글했다. 얼핏 보기에는 주근깨도 꽤 많았다.

"여기 603호에 사는 남자, 본 적 있죠?"

여자가 느릿하게 고개를 한 번 끄덕였다.

"다른 사람을 본 적은요?"

"중년 여자와 젊은 여자요. 아줌마하고 딸 같았어요."

"그 외에 다른 사람을 본 적은요?"

여자가 고개를 저었다.

"혹시 오늘 본 사람은 있나요?"

"저 집 주인요. 10시쯤에 나가더라고요."

사위일 것이다. 사위는 집을 나간 뒤 곧바로 아내와 딸이 있는 헤어숍으로 갔을 것이다. 그런데 여자는 어떻게 시각을 알고 있는 걸까? 그것을 질문했다.

"저것 때문에 알아요."

여자가 그의 뒤쪽에 있는 현관문의 전자키를 가리켰다. 그제야 여자의 말을 이해했다. 그의 집 전자키만 해도 번호를 누를 때 띠띠띠띠 하는 소리가 났고, 열리거나 닫힐 때는 띠리리리 하는 소리가 났다.

"전자키 소리가 그렇게 큽니까? 앞집에서도 잘 들리나요?"

다른 의미로는 앞집 남자에게 쓸데없이 관심이 많은 게 아니냐는 추궁이었다.

"작은 편은 아니죠. 방에 들어가 문을 닫고 있어도 들리거든요. 거실에서 텔레비전 볼륨을 크게 올려놓으면 잘 안 들리고요. 문을 열 때는 띠띠띠띠 이런 소리가 나고, 열릴 때는 띠리리리 하는 소리가 나요."

"그 이후에는 전자키 소리를 듣지 못한 거죠?"

"아뇨. 들었는데요."

"네?"

조금 놀랐다. 그럴 리가 없을 것 같아서였다.

"그때가 몇 시쯤이었죠?"

"드라마 재방을 보고 있었는데, 그거 끝나서 막 텔레비전을 껐을 때였어요. 아마 12시 50분쯤 됐을걸요. 띠띠띠띠 번호 누르는 소리가 나더라고요. 모두 여섯 번요."

아내는 딸의 집 비밀번호를 알고 있을 것이다. 비밀번호가 여섯 자리인지는 얼마든지 확인이 가능했다.

"신고한 시각이⋯."

"외출했다가 3시쯤 돌아왔는데, 앞집 문이 활짝 열려 있더라고요. 몇 번 부르다가 안으로 들어갔는데⋯."

"신발을 신고요?"

"아뇨. 벗고 들어갔어요."

"들어가서 어떤 동선으로 움직였죠?"

"동선요?"

여자의 조금 당황한 눈빛이 그에게 향했다. 여자는 그의 질문을 이해하지 못한 것 같았다.

"집 안으로 들어가서 어떤 방향으로 움직였는지 묻는 겁니다. 그냥 편하게 말씀하시면 됩니다."

"그냥 앞으로 천천히 걸어갔어요. 그러다 보니 안방이었고요. 아, 안방 문이 열려 있었어요. 안방이 마구 어질러져 있었고요. 옷들이 막 흐트러져 있었는데, 그때 직감이 오더라고요. 놀라서 후다닥 뛰쳐나갔죠. 112에 신고하고 경찰들이 오기까지 우리 집에 틀어박혀 있었어요. 괜히 무섭더라고요."

112에 접수된 신고시각은 오후 3시 5분이었다.

"더 해주실 말씀이 있나요?"

"아뇨. 없는 것 같아요."

철웅은 지갑 속에서 꺼낸 명함을 여자에게 건네주며 혹 나중에라도 생각나는 게 있으면 언제든 전화해 달라고 부탁했다.

여자가 꾸벅 고개를 숙이더니 문을 닫고 들어갔다. 띠리 리리 하는 소리가 들렸다. 곧바로 아내에게 전화했다.

겨우 서너 번쯤 벨소리가 울렸을 뿐인데 저편에서 아내의 목소리가 들렸다. 평소에는 열댓 번이 울려도 받을까 말까인데 별일이라면 별일이었다.

"웬일로 전화를 일찍 받네. 내가 아니라 다른 사람이 전화한 걸로 알았던 거 아냐?"

─싱거운 소리 말고. 전화는 왜? 지금 올 거야?

"아직은 좀 그렇고, 상황 좀 봐서. 다들 모였어?"

안방 쪽으로 갔다.

─응. 다들 빨리 오라고 난리야.

옆에서 "형부 빨리 오세요!" 하고 외치는 처제의 목소리가 들렸다. 그의 집에는 동생네와 처제네 부부가 함께 모여 있었다. 예정된 일이었다. 다들 술을 좋아하고 성격도 활기찼다. 짐작건대 술상을 차려놓고 한창 화투판을 벌여놓았을 것이다. 모이면 늘 그렇게 놀았다.

"대충 정리되는 대로 들어간다고 해."

어질러진 방 안을 다시금 훑었다. 아무래도 대충이라도 정리를 해놓아야 할 것 같았다.

─근데 왜 전화했어?

"들어가면서 연휘네 한번 들러 볼까 하는데, 거기 전자키 달았을 거 아냐. 비번 좀 알려줘."

─그렇게 걱정돼?

"아무래도 세상이 험하니까."

"응."

604호 여자의 말처럼 비밀번호는 별표($*$)까지 모두 여섯 자리였다.

─염려 마. 아무 일 없을 거야. 감히 누가 우리 베테랑 형사님의 따님 댁을 털겠어. 혹시 무슨 일 있어도 금방 잡아버리면 되지, 뭐.

아내가 호호호 웃었다.

통화가 끝나고 쓴웃음을 지었다.

버튼을 눌러 전자키의 잠금 상태를 해제한 뒤 문을 조금 열어두고는 밖으로 나왔다. 안방에 널브러져 있는 옷은 나중에 정리하기로 했다. 그보다 급한 일이 있었다.

철웅은 계단을 통해 위아래 층으로 오르내리며 오후 12시 50분쯤 문을 연 적이 있는지, 혹 있다면 전자키의 비번이 몇 자리 숫자인지를 확인했다.

그 시간에 문을 여닫은 집은 한 군데도 없었다.

603호로 돌아와 그는 전자키의 버튼을 눌렀다. 모두 여섯 자리. 띠리리리 하는 소리와 함께 문이 열렸다.

침대 위에 널브러져 있는 옷들을 대충 정리한 뒤 싱크대 앞 식탁에 앉았다. 옷을 정리하면서도 생각은 식탁에 있던 머그컵에 쏠려 있었다.

검정색 비닐봉지에는 스티커를 떼어낸 흔적이 전혀 없었다. 택배로 받은 물건이 아니라는 의미였다.

마지막으로 그 집에서 나간 사람은 그의 사위였다. 사위가 그 컵을 어딘가로 발송하려고 했던 걸까?

그것도 아니지 싶었다. 컵을 택배로 보내려면 깨지지 않도록 에어캡이나 종이 같은 것으로 겹겹이 포장하여 비닐봉지가 아닌 박스에 넣어 보내는 게 안전하다. 이게 보편적인 상식이다. 비닐봉지 안에서 그런 건 발견되지 않았다.

누군가에게 직접 건네받았을 가능성도 있었다. 하지만

이것도 말이 되지 않았다. 두 개가 아닌 하나만 선물한다? 쉽게 이해하기 힘들었다.

택배용 비닐봉지와 OPP 테이프, 머그컵에 찍힌 지문 하나가 자꾸 마음에 걸렸다. 더욱이 지문이 지장을 찍듯이 한 개만 찍혀 있었다. 단순한 짐작으로도 이건 선의가 아닌 악의였다. 누군가의 악의가 그 지문에 감춰져 있었다.

"굳이 택배용 비닐봉지에 넣고 테이프로 한 바퀴를 감아야 했던 이유가 뭐지?"

테이프의 절단면이 마음에 걸렸다. 누가 일부러 그렇게 했듯이 한쪽 절단면이 S자였다.

검정색 비닐봉지에 대해 확인하는 건 사실 간단한 문제였다. 일본으로 신혼여행을 떠난 딸의 휴대폰으로 전화 한 통만 하면 되니까. 하지만 그럴 수 없었다. 신혼여행을 망칠 수 없었다. 그래서 답답했다.

"팀장님."

경환이 앞쪽에 서 있었다.

"시시티브이에 행동이 수상쩍은 자가 잡혔어요."

"그래?"

곧 두 사람은 집에서 나갔다.

하늘은 여전히 누르스름했다. 철웅은 숨도 쉬지 않고 걸음을 옮겼다.

아파트에 딸린 삼 층짜리 상가건물 3층에 관리사무소가 있었다.

사십 대 대머리 남자가 관리소장이었고, 삼십 대 파마머리 여자는 총무였다. 시시티브이의 녹화된 영상을 확인하고 있던 상준이 철웅을 보며 알은체를 했다.

철웅과 경환은 상준의 뒤쪽에 섰다. 상준이 마우스를 움직이자 정지된 화면 속에 곧 한 남자의 얼굴이 나타났다.

"이게 최고로 선명하게 나온 겁니다."

상준의 설명에 철웅은 고개를 한 번 끄덕였을 뿐 미간을 좁힌 채 모니터를 노려보았다.

주차장과 주차장 사이에 만들어놓은 어린이놀이터. 그곳 벤치에 한 남자가 앉아 있었다. 화면상으로 남자는 사십 대 중후반쯤, 약간 긴 상고머리 스타일에 정장 차림이었다. 한쪽 다리를 다른 쪽 다리에 포개고, 양손을 벤치 등받이에 걸쳤다. 무릎 위에는 휴대폰이 있었다. 남자의 오른쪽으로 상표를 확인할 수 없는 알루미늄 음료수 캔이 보였다.

"이자가 여기 벤치에 앉은 시각이 12시 20분입니다. 그때부터 죽 이렇게 앉아 있다가 12시 40분쯤에 자리에서 일어나 화면에서 사라집니다. 그동안 휴대폰을 힐끔거리거

나 음료수를 마셨을 뿐 가만히 앉아 있었습니다. 특이한
건 가끔 시시티브이 쪽을 보면서 히죽히죽 웃었다는 거구
요."

"웃어?"

"마치 일부러 그러는 것처럼요."

악의.

다시 이 단어가 머릿속에 떠올랐다.

"한번 보지."

상준이 마우스를 움직이자 화면이 바뀌었다. 다시 마우
스를 누르자 화면이 동영상으로 바뀌었다.

그리 길게 동영상을 볼 필요는 없었다. 상준의 말 그대로
였다. 남자의 행동은 다분히 고의적이었다. 그렇게밖에 해
석이 되지 않았다. 마치 모니터를 보고 있는 사람들을 약
올리는 것처럼 느껴졌다.

"저건 수거했어?"

철웅은 모니터 속 알루미늄 캔을 손으로 가리켰다.

"아직요. 이제 수거해야죠."

"과수팀에 넘겨. DNA이든 지문이든 뭐든 나오겠지."

"네, 알겠습니다."

상준이 관리사무소를 나갔다.

잠시 후 다른 모니터에 알루미늄 캔을 비닐 팩에 넣는

상준의 모습이 잡혔다.

"근데요…"

수상쩍은 남자의 모습이 고정된 모니터 화면을 보면서 경환이 입을 열었다.

"이 얼굴, 어디서 본 것 같지 않습니까? 화질이 안 좋아서 누구라고 단정 짓지는 못하겠는데, 암튼 느낌이 아는 얼굴 같아요."

허니문 파괴자. 철웅은 이 말을 할까 말까 하다가 하지 않았다.

"팀장님, 그 친구 생각나세요. 허니문 파괴자요."

경환도 그 생각을 했던 건가. 철웅은 대답 대신 고개를 끄덕였다.

"고상기요."

아! 그제야 선명하게 놈의 얼굴이 떠올랐다. 놈의 형량은 6년이었다. 그렇다면 일 년 전쯤 출소했다.

마지막으로 고상기를 본 건 7년 전. 당시에 놈은 어깨까지 내려오는 긴 파마머리였다. 얼굴도 화면 속의 인물처럼 마른 편이 아닌 둥그스름하고 살이 올라 있었다. 그동안 부침이 심했다고 해도 사십 대 중후반이 아닌 삼십 대 후반의 나이였다.

물론 교도소 안과 밖은 시간이 다르게 흐른다는 속설이

있다. 그곳에서는 묘하게도 사람이 빨리 늙는다고 한다. 어떤 이는 교도소 측에서 수인들 모르게 음식물에 그런 류의 약을 넣는다는 음모론을 주장하기도 한다. 그 약은 무기력증을 유발하고 사람을 빨리 늙게 만든다는 것이다. 낭설에 불과하지만 교도소에 있는 사람들이 빨리 늙는다는 것에는 철웅도 어느 정도 공감하고 있었다.

"너구리한테 연락해서 지문 검출한 거 고상기하고 맞춰보라고 해."

그때 상준이 안으로 들어왔다.

"저것도 함께."

철웅이 고갯짓으로 상준이 손에 든 비닐 팩을 가리켰다.

"네, 그럴게요."

"혹시 모르니까, 녀석의 소재지도 미리 파악해 둬."

"알겠습니다."

딸에게 전화가 온 것은 본서로 돌아온 다음이었다.

"어, 아빠야."

─아빠. 호텔에 도착했어.

"그래, 홑몸도 아니니까 늘 몸조심하고."

─걱정 마. 다 잘하고 있으니까. 근데 오늘도 나갔다며?

"아빠 일이 그런데 어쩔 수 없지. 그건 그렇고, 연휘야…"

딸의 이름을 불러놓고 철웅은 한숨을 삼켰다.

—아빠, 왜?

"집에 머그컵 있냐? 이번 결혼식 때 선물 받은 게 있는데, 없으면 너 주려고."

—당연히 있지. 전에 그릇 살 때 다 샀어.

"하나 더 있어도 괜찮잖아."

—됐어. 집도 좁은데 쓸데없이 많으면 뭐 해.

"집에 있는 건 무슨 색인데?"

—핑크하고 파랑. 세트야.

"이건 흰색인데 괜찮지 않아? 요즘 젊은 사람들이 좋아하는 셜록 홈스 그림도 새겨져 있더라고."

—아빠, 난 흰색 싫어. 홈스도 별로고.

"그래도 사위는 좋아할 수 있잖아."

—안 그래. 성규 오빠도 나랑 취향이 비슷해.

"그런가? 그럼 할 수 없지. 아빠가 써야겠다. 아무쪼록 즐겁게 보내고."

이렇게 통화를 끝내려고 하는데, 딸이 잠깐만, 하더니 불쑥 사위를 바꿔줬다.

"……."

—…아버님.

"응."

－건강하시죠?

"응."

－잘 도착했습니다.

"응."

－그럼… 건강하세요.

"응."

－잠깐만요.

다시 딸로 바뀌었다.

－아빠. 일찍 집에 들어가. 엄마 엄청 섭섭해했어.

"알았어. 걱정하지 마. 내가 엄마랑 산 지 몇 년인데, 엄마를 모를까. 아빠 양쪽 옆구리에 시커먼 점 생긴 거 알지? 그게 다 네 엄마가 걸핏하면 꼬집어서 그래. 보복당하기 싫어서라도 일찍 들어갈 거야. 아무 염려 말고, 넌 즐겁고 행복하게 지내다가 와. 특히 몸조심하고. 또…"

－아, 잔소리! 아빠, 나 배고파. 끊어. 나중에 연락할게.

뚝.

"사위란 놈이 말하는 게 그게 뭐야? 고작 그런 말밖에 못 해. 숫기 없는 놈. 저런 놈이 뭐가 좋다고."

사위는 그리 살가운 성격이 아니었다. 결혼 전 사위를 두세 번 집에서 만났는데, 언제나 데면데면하고 서먹서먹

해서 기껏해야 서너 마디 주고받는 게 전부였다.

어쨌거나 딸과의 통화로 한 가지는 분명해졌다.

식탁 위의 머그컵에 대해 딸은 전혀 모른다는 것. 딸의 말이 맞는다면 사위도 모르는 일이었다. 그렇다면 불청객이 머그컵을 놓고 갔을 가능성이 높았다.

그 불청객으로 짐작되는 놈이 자연스럽게 머릿속에 떠올랐다.

"고상기…"

생각이 점점 한쪽으로 기울어졌다.

보복범죄.

마음이 착잡했다. 아빠의 직업 때문에 딸이 피해를 보는 게 너무나 미안했다.

3

—

사무실 책상 앞에 앉아 빈 종이컵을 만지작거렸다. 가끔 시간을 확인했다. 초침이 반 바퀴만 더 돌면 밤 12시. 그동안 아내와 처제, 동생으로부터 계속해서 전화와 문자 메시지가 왔다. 그때마다 그는 매번 비슷한 변명을 둘러댔다.

수사는 별 진전이 없었다. 탐문조사 결과도 시원찮았다.

경환과 상준은 고상기의 주소지를 찾아갔다. 그곳은 부모의 주소지와 같은 경기도 고산. 근처에는 기차역이 있었다. 그곳으로 찾아간 두 사람은 고상기는 만나지 못하고 대신 부모를 만나 이것저것 얘기를 들었다.

고상기는 출소한 이후 가끔 외출하는 것을 제외하면 줄곧 집에서 지내며 부모의 농사일을 도왔다. 고상기는 볼일이 있다면서 오늘 아침 일찌감치 집에서 나갔다.

지문검사 결과가 나올 때까지 두 사람은 그곳에서 대기하기로 했다.

철웅도 같은 결과를 기다리며 초조한 시간을 보냈다.

고상기에 대한 기억이 저절로 떠올랐다.

체포된 후 고상기는 끝까지 자신의 범행을 부인했다. 조사를 받는 내내 그랬고, 검사나 판사 앞에서도 마찬가지였다.

하지만 앞뒤가 맞지 않았다.

철웅의 형사3팀이 고상기를 체포한 곳은 고상기의 부모 집. 그곳을 수색한 결과 그의 방 천장 위에서 다수의 금붙이를 찾아냈다. 금붙이의 출처에 대해 고상기는 일부는 선물로 받았고 일부는 돈 주고 구입했다고 했다. 그런데 천장 위에 숨겼다? 앞뒤가 안 맞는 변명이었다.

고상기의 주장은 곧 증인이 나타남으로써 명백하게 거짓임이 드러났다.

경찰의 연락을 받은 신혼부부의 부모가 경찰서에 도착했고, 확인 결과 그들의 결혼 패물임이 밝혀졌다. 패물 중에는 여자와 남편의 이름 알파벳 이니셜을 새겨놓은 반지도 있었다.

고상기를 피해자의 집 근처에서 보았다는 목격자도 나왔다. 피해자의 집 근처에 있는 조그만 슈퍼마켓 주인이었다.

웃긴 건 고상기의 자백이었다. 다른 범행은 다 인정했는데 딱 한 곳만은 범행을 부인했다. 하지만 말도 안 되는 일이었다. 자신의 집 천장에서 발견된 패물을 훔쳤던 바로 그 집의 범행에 대한 불인정이었다.

패물에 손발이 달려 저 혼자 고상기의 방 천장에 숨었겠는가. 아니면 누군가 그것을 훔쳐 고상기의 방 천장에 일부러 숨겨놓았겠는가.

경찰 상부는 물론 검찰과 언론에서도 그들 수사팀에 대한 압박이 상당했다.

결국 고상기가 체포되고 그다음 날 경찰은 수사결과를 발표했다. 경찰은 고상기의 **뻔뻔함**을 강조하여 브리핑했다. 거의 모든 언론은 경찰의 수사발표와 다르지 않은 기사를 내보냈다.

결국 고상기는 검찰로 송치되었고 재판에 넘겨졌다. '허니문 파괴자'라는 대중의 관심과 훔친 패물이 발견됐음에도 끝까지 자신의 범행을 인정하지 않은 괘씸죄가 적용된 탓인지 6년형이 결정되었다.

7년 전 그 사건, 설마 고상기가 정말로 진범이 아니었던 것일까?

문득 이런 생각이 들었지만, 철웅은 얼른 고개를 흔들어 방금 떠오른 생각을 지웠다.

드드드드, 드드드.

책상 위에 있던 휴대폰이 진동했다. 발신자는 너구리. 기다리던 전화였기에 재빨리 통화버튼을 눌렀다.

"결과 나왔어?"

-현장에서 채취한 지문 중 유의미한 지문 열두 개 중 세 개는….

그의 아내와 딸, 사위였다.

나머지는 지금 확인 중에 있다고 했다.

"어린이 놀이터에서 수거한 알루미늄 캔에서 나온 건 없어?"

철웅이 정말로 궁금한 것은 이거였다.

-아직요. 알루미늄 캔에 여러 지문이 찍혀 있는 건 맞는

데, 오래돼서 검출이 어렵답니다. 고작 한 개가 검출 가능했는데, 그것도 쪽지문이에요.

"고상기의 지문일 가능성은?"

—유사 지문으로도 보이지 않는답니다. 가능성이 제로에 가깝답니다.

실망스러운 결과였다.

휴대폰을 다른 손으로 옮겨 잡으며 철웅이 나직이 숨을 밀어냈다.

"머그컵 지문은?"

어느 정도 짐작하고 있었으나 확인은 필요했다.

—그자는….

휴대폰 저편에서 후우, 하고 한숨 소리가 들렸다. 그 소리를 듣자 자신도 모르게 똑같이 한숨이 새어 나왔다.

한 손으로 책상을 짚으며 자리에서 일어났다. 어둠에 잠긴 유리창 저편 깊숙이 시선을 찔러 넣었다. 마치 그곳에 범인이 숨어 있기라도 하듯이.

그때 유리창에 얼핏 한 남자의 모습이 비쳤다. 그는 어둠 속에서 불쑥 튀어나온 것처럼 갑자기 나타났다. 정장 차림이었고, 얼핏 보아도 어디선가 본 듯한 남자였다. 어디서 봤더라….

그때 너구리의 목소리가 귓속으로 파고들었다.

―고상기입니다. 누군지 기억하시죠?

기억하고말고.

팔뚝의 솜털이 느릿하게 곤두섰다. 휴대폰을 말아쥔 손 아귀에 축축하게 땀이 차올랐다.

"수고했어."

철웅은 여전히 유리창에 비친 한 남자에게 시선이 묶여 있었다.

…설마.

천천히 몸을 돌렸다. 그 짧은 시간에 유리창에 비친 남 자가 갑자기 사라지는 건 아닐까, 왠지 조바심이 났다.

아!

다행이었다. 사라지지 않았다. 여전히 그의 눈앞에 있는 남자, 시시티브이에서 봤던 바로 그 얼굴이었다.

허니문 파괴자, 고상기였다.

놈이 오래된 친구라도 만난 듯 한 손을 흔들며 인사했다.

4

―

조사실. 이곳에는 일면경이 설치되어 있지 않았다. 처음 에는 일면경이 있는 다목적 조사실을 사용하려고 했지만 마음을 바꿔 일부러 이곳을 선택했다.

딸의 잃어버린 패물에 집착할까 봐, 그것이 고스란히 촬영된다는 게 부끄러웠다.

찜찜하기도 했다.

고상기는 자신의 의지로 그를 찾아왔다. 범죄자는 도망치고 형사는 쫓아가서 잡는다. 이것이 둘 간의 룰이다. 고상기는 이 단순한 룰을 아무렇지 않게 어겼다. 대체 왜? 자수는 아니었다. 그는 예전처럼 지금도 자신의 범행을 부인했다.

또 시작인가? 다시 과거가 반복되는가?

철웅은 답답하고 초조한 마음을 조금이라도 달래기 위해 말을 돌렸다.

"얼굴이 많이 변한 것 같아. 오랜만에 봐서 그런지 몰라도 예전하고 느낌이 많이 달라."

"7년이면 변하는 게 당연하죠. 그동안 팀장님도 많이 변하셨네요. 늙기도 했고."

"그런가? 그래, 그럴 수 있지. 어쩌면 오늘 안 좋은 일이 생겨서 그런지도 모르고."

"왜요? 자식이 속이라도 썩여요?"

"자식이야, 늘 그렇지. 고상기 너도 부모 속 좀 썩이는 편이잖아."

"다 예전 일이죠. 그러고 보면 부모 역할 하는 거 쉬운 거 아니에요."

"자수하러 온 것도 아니라면서 여긴 왜 왔지?"

"혹시나 해서요. 7년이나 지났으니 이제 마음이 바뀌셨나 해서요."

"7년 전 그 일이 네 짓이 아니라고 아직도 억지를 부리는 건가?"

"역시 변한 게 없으시네요."

"오늘 일… 네 짓이지?"

"7년 전처럼 또다시 생사람을 잡고 싶은 겁니까? 하긴 팀장님은 그게 전문이니까."

고상기가 킥킥거리며 비웃었다.

"여기 오기 전에 뭐 했지? 어디를 돌아다닌 건지 말해 봐."

"왜요? 제가 뭐 도둑질이라도 했답니까? 그럼 증거도 있겠네요?"

"있지. 현장에서 네 지문이 나왔어."

"아하, 그랬군요. 그럼 절 체포하셔야겠네요."

"상황 봐서. 질문에 답이나 해."

"뭐 별거 없어요. 오랜만에 서울 나들이를 왔어요. 여기저기 싸돌아다녔고요. 사우나도 가고, 오랜만에 어린이 놀이터에도 가고 그랬죠."

"12시부터, 그때부터 얘기해 봐."

"왜요? 그때부터가 중요한가 보죠?"

녀석의 비틀린 한쪽 입꼬리에 미소가 매달렸다.

"대답이나 해."

"어느 아파트인지는 모르겠는데, 12시 20분쯤 돼서 거기 어린이 놀이터에 있었을걸요. 아, 거기에 왜 갔느냐고 묻지 마세요. 그냥 걷다 보니 거기였을 뿐이니까."

"그곳에서 떠난 시각은?"

"1시 안 됐을걸요."

"정확히 12시 40분이었어."

"하하, 참 이상하지 않아요? 형사님들은 다 알고 있으면서 꼭 묻더라고요. 그냥 순순히 말해 주면 훨씬 대화가 빠르고 편할 텐데."

"그다음에 어디로 갔지?"

"글쎄요. 잘 기억이 안 나네요. 팀장님이 저보다 더 잘 아시는 것 같은데 말씀해 주시죠."

녀석이 어서요? 하고 재촉하듯이 고개를 살짝 쳐들었다. 도전적인 눈빛이었다. 초조해하거나 당황한 기색도 전혀 없었다.

철웅은 마른세수를 하듯이 얼굴을 한번 쓸어내렸다. 녀

석은 지금 장난을 치고 있었다. 이런 식으로는 시간 낭비일 뿐이었다. 3박 4일, 그중 이제 하루가 지나고 있었다.

"603호, 들어갔지?"

조금 앞으로 쏠려 있던 상체를 뒤로 뺐다.

"603호요? 내가 앉아 있던 벤치, 거기 아파트 말하는 겁니까?"

녀석은 질문을 확인하는 여유까지 부렸다.

"그래, 거기."

"제가 알기로 거긴… 팀장님 따님의 신혼집인데."

순간 관자놀이가 툭 하고 튕겼다. 저절로 손아귀에 힘이 들어갔다.

"일부러 거길 털었다, 이건가?"

주먹이 제멋대로 움직일 것 같아 가슴이 조마조마했다. 움켜쥔 주먹을 자연스럽게 팔짱으로 바꿨다. 딴에는 티 내지 않으려고 애썼는데 정말로 그렇게 보였는지는 솔직히 자신이 없었다.

"아뇨. 전 아닙니다. 그게 뭐든 전 훔치지 않았어요."

7년 전과 똑같았다.

"제가 아니라면 아닌 겁니다."

변한 게 전혀 없었다. 고상기는 누명이라도 쓴 사람처럼 말하고 있었다. 어이가 없어 헛웃음이 나왔다.

"제 말을 여전히 안 믿는 눈치인데, 그럼 전 어떻게 해야 할까요? 거짓말이라도 해야 하나요?"

계속된 반복. 이게 뭐 하는 짓인가 싶었다.

"나에 대한 보복인가?"

녀석이 테이블에 팔꿈치를 올려놓더니 손깍지를 만들어 얼굴을 가렸다. 그 때문에 녀석의 비웃음을 조금 늦게 눈치챘다. 뜨거운 덩어리 같은 것이 훅하고 가슴 깊은 곳에서 솟구쳤다. 물론 애써 억누르며 참았다.

"저는 말입니다, 받은 만큼 되돌려주는 놈입니다. 딱 그만큼만요. 대단히 양심적이지 않습니까?"

"양심적이긴 한데, 좀 치사하군. 복수를 하려면 나한테 해야지, 왜 아무 상관도 없는 내 딸에게 하는 거지? 그것도 결혼식 날에."

"누군가 때문에 엉뚱한 제3자가 피해를 보는 거, 그게 복수 아니겠습니까. 원래 그렇잖아요."

이곳에 마주 앉고서 녀석의 말에는 줄곧 삐죽한 가시가 돋아 있었다. 가시는 때론 쇠갈퀴가 되기도 했다. 목적이 무엇인지 너무나 명확했다.

"결국 복수로군. 7년 전의 사건, 난 네가 합당한 죗값을 치렀다고 생각해. 누가 봐도 넌 도둑질을 했어. 전부 11건의 절도사건 중 넌 두 건만 인정했어. 나머진 인정하지 않앉지. 하지만 인정하지 않은 한 건의 장물이 네가 머물던 부모 집 천장에서 나왔어."

"그래도!"

녀석이 돌연 테이블을 탁, 하고 내리쳤다.

"내가 아니라면! 계속 수사를 했어야죠. 수사를 했으면 진짜 범인을 잡았을 거 아닙니까!"

녀석의 얼굴이 험상궂게 변했다. 테이블을 내리쳤던 손바닥은 이미 주먹으로 바뀌어 있었다. 주먹이라도 날릴 것 같은 사나운 기세였다. 그것을 억지로 참는지 부르르 주먹이 떨렸다.

상황이 묘하게 흘러가고 있었다. 누가 형사고 누가 용의자인지 헷갈렸다. 이런 식의 흐름을 더는 용납하고 싶지 않았다. 당장 멱살이라도 움켜잡고 모든 것을 솔직히 털어놓으라고 고함이라도 치고 싶었다. 하지만 그럴 수 없었다. 참아야 했다. 지금 그는 형사로서 이 자리에 앉아 있는 게 아니었다. 아빠, 이것이 문제였다.

"좋아. 그때 일부터 찬찬히 얘기해 보도록 하지."

찬찬히, 를 강조했다. 십 보 전진을 위한 일보 후퇴라고 스스로를 다독였다.

"그해 11건 중 2건만 네가 인정했어. 나머지는 네 짓이 아니라고 했어. 범인이 누구라고 생각하지?"

"그야 저도 모르죠. 단, 한 건은 제가 범인을 알고 있긴 하죠."

똑똑.

그때 노크 소리가 났다. 문은 안에서 잠긴 상태였다.

"팀장님!"

경환의 목소리였다. 고상기의 부모 집 근처에서 대기 중이던 경환의 철수를 지시한 것은 그였다. 머리를 뒤로 쓸어 넘기며 자리에서 일어났다.

"잠시 쉬었다가 하지."

조사실에서 나가자마자 경환이 물었다.

"고상기 맞죠?"

간략히 그간의 사정에 대해 얘기해 주었다.

얘기를 다 듣고 난 경환이 짧게 한숨을 토했다.

"하아. 대체 뭘 하자는 건지."

경환에게 빠르게 업무 지시를 내렸다.

"7년 전 고상기의 사건기록을 다시 한번 살펴봐 줘. 이후에 붙잡힌 놈들 중에 7년 전 사건과 연관이 있을 만한 놈이 누구인지도 살펴보고."

"7년 전 사건에 대해 여전히 억울하다는 주장인 겁니까?"

짧게 고개를 끄덕였다.

"참 특이한 놈이네요. 지독하기도 하고."

"내 책상에 고상기의 휴대폰이 있어. 최근 자주 통화한 사람, 통화기록 등 뭐든 조사할 수 있는 건 다 해봐. 최근 휴대폰으로 검색한 것이 무엇인지도 살펴보고. 의심이 가는 곳이 있으면 꼭 체크해. 이것저것 앱도 살펴보고."

"그건 알겠는데, 휴대폰이 왜 팀장님 책상에…?"

경환이 어떤 의문을 갖는지 이해했다.

"고상기가 그냥 놔두더라고. 일부러 그런 것 같아."

"그럼 별게 없을 가능성이 크겠네요."

"그럴지도. 아, 상준이에게 고상기의 방, 천장 같은 데 좀 살펴보라고 해."

당연히 영장 없는 가택수색은 불법이다. 그것이 찜찜했는지 한마디 덧붙였다.

"요령껏 하라고 해. 전기를 나가게 한다거나, 찾아보면 방법은 있잖아."

"그건 제가 알아서 지시할게요."

"거기에 있을 것 같진 않지만, 혹시 모르니까. 고상기가 자주 가는 곳이 있으면 거기도 살펴보라고 해. 거기서 친하게 지내는 사람이 있으면 직접 만나보고."

"근수하고 주동이는 시시티브이를 살피고 있던데요."

"고상기가 여기로 들어온 뒤의 행적부터 역으로 추적해

보라고 해. 택시를 탔든 버스를 탔든 뭐든 나오면 꼼꼼하게 확인하고. 지하철역 같은 데는 특히 잘 확인하라고 해. 거기 보관함 같은 곳에 물건을 넣어뒀을지도 몰라. 연휘네 아파트를 중심으로 더욱 세심히 살펴봐야 해. 날아서 그곳을 빠져나간 게 아니라면 도보든 택시든 뭔가 나와야 해."

"알겠습니다."

"아, 깜박했는데, 사건현장 근처에 있는 사우나탕도 살펴봐. 고상기가 언급한 거니까."

"그래요?"

"고상기는 긴급체포한 거야. 지문이 나왔잖아. 그렇게 알고 있어."

"예."

경환의 뒷모습이 복도에서 사라지고 나서야 다시 조사실로 들어갔다.

고상기는 명상이라도 하는 사람처럼 허리를 곧게 편 채 눈을 감고 있었다.

"아까 말한, 그 한 건의 진범이 누구였는지 왜 말을 안 한 거지?"

"장물이 우리 집 천장에서 발견됐어요. 내가 어떤 말을 한들 결과가 달라졌을까요. 그래서 나중엔 그냥 입을 다

물어버린 겁니다."

맞는 말이었다. 7년 전 신혼집에 침입해 절도를 벌인 진범이 따로 있었다고 해도 그때의 도난물품이 고상기의 거주지에서 발견됐다는 건 두 가지 중 하나의 경우일 수밖에 없었다. 공범이 있거나 진범에게 그 물건을 훔치거나 빼앗은 경우.

"그나저나 팀장님이 오해하신 것 같네요."

"무슨 오해?"

"내가 팀장님을 만나러 온 이유를 이해하지 못하신 것 같아서요. 그렇죠?"

스무고개나 퀴즈인 걸까. 아니, 단순한 줄다리기였다. 이곳에 마주 앉은 사람끼리는 항상 긴장감이 팽팽하다. 말한 마디 한 마디에 덫이 있다. 그런 와중에도 변하지 않는 건 한쪽은 캐묻고 한쪽은 대답한다는 것이다. 지금은 오히려 그 반대였다. 이런 상황이 더없이 짜증 났다.

"네가 여기 있는 거, 네 부모님은 아냐?"

이렇게 말해놓고 후회했다.

치사하군.

효과는 있었다.

고상기의 눈 밑 주름이 파르르 떨리더니 얼굴 전체가 딱딱하게 굳었다.

고상기가 이기죽거렸다.

"부모의 마음이란 게 다 똑같죠. 팀장님은 그런 말씀 하시면 안 되는 거 아닙니까? 따님을 생각하셔야죠."

어설픈 협박이었고, 제대로 반격을 당했다.

"아무래도 팀장님은 제 질문에 대한 답을 모르는 것 같네요. 결국 제가 직접 말씀드려야 한다는 건데…."

"……."

"지금 제 포지션은 선량한 시민인 거죠. 7년 전 팀장님이 해결하지 못했던 그 사건을 이제라도 해결해 주기를 간절히 바라는 선량한 시민요. 시간은 오늘 자정까지고요."

고상기가 손목시계를 확인했다.

"정확히 21시간하고 35분 남았네요."

"왜 그때까지지?"

"그걸 제게 물으면 곤란하죠."

"뭐가 곤란하지?"

"이거 정말 곤란하네요."

고상기가 절레절레 고개를 흔들었다.

철웅은 잠시 생각에 잠겼다. 아직 딸의 신혼여행이 끝나려면 그보다는 시간 여유가 있었다. 적어도 딸하고는 연관이 없는 시간제한이었다.

고상기가 피식 웃더니 소리 없이 입술을 뻐끔거렸다.

－공.소.시.효.

입 모양만으로도 정확히 그 의미를 이해했다.

"그렇군."

고상기가 짝! 하고 손바닥을 부딪쳐 소리를 냈다.

"뭐 하세요. 후다닥 움직이셔야죠."

"너의 장단에 맞춰주면, 보상은?"

"그거야 당연히 있겠죠."

치밀어 오르는 욕지기를 지그시 억눌렀다. 거래를 받아 들일 수밖에 없었다. 오히려 거래 제안이 반갑기까지 했다.

"그 보상이 뭔지 정확히 듣고 싶은데."

"이미 알고 있잖습니까. 제 지문 하나 묻지 않은 깨끗한 상태라는 건 제가 보장하죠."

"내 딸의 집을 턴 목적이 이거였군."

"계속 오해하시네. 난 그런 짓 안 했다니까요."

고상기는 철두철미했다. 어떤 대화에서도 꼬투리가 잡힐 만한 말은 하지 않았다. 애매모호한 대화에서도 주어는 사용하지 않았다.

"팀장님. 지금 중요한 건 따님이잖아요."

고상기의 요구를 무시하면서 딸 부부의 패물을 찾을 수 있는 방법은 없을까? 아쉽게도 현재로는 뾰족한 방법이 떠오르지 않았다.

몇 가지 확인이 필요했다.

"넌 7년 전 그 사건의 진범을 알고 있다고 했어. 이제 그 자가 누구인지 말해 줘도 될 것 같은데."

"그건 제가 정한 게임의 룰이 아닌데요. 저는 형사가 아니잖아요. 그저 선량한 시민이지."

다른 질문으로 넘어갔다.

"7년 전 장물이 네 주거지에서 발견된 이유는?"

의외로 순순히 대답이 나왔다. 이미 지난 사건이라서 더는 꺼릴 게 없다는 태도였다.

"장물을 빼앗았거든요."

얼른 질문을 이었다.

"네가 점찍어놨던 집인데 그놈이 먼저 턴 건가? 그래서 기다렸다가 쫓아가서 빼앗았고?"

"역시."

고상기가 엄지척을 했다.

"솔직히 어이가 없었죠. 눈앞에서 당하는 거잖아요. 한데 가만히 생각해 보니까, 손 안 대고 코 푸는구나 싶더라고요. 그래서 쫓아가서 빼앗았죠. 그놈은 아마추어였거든요."

그놈, 아마추어.

이 정도만 해도 고마워해야 하는가. 사실 불특정다수와

결코 다르지 않은 의미였다. 차라리 전문가였다면 쉽게 용의자를 좁힐 수 있었을 것이다.

"자, 이제 힌트는 끝. 꽤 피곤하군요."

고상기가 하품하며 늘어지게 기지개를 켰다.

5

—

아침 10시.

고산에 있던 상준까지 올라와 다섯 사람이 회의실에 모였다.

상준은 그가 언급했던 대로 이른바 두꺼비집을 건드리는 수법으로 전기를 잠시 나가게 했고, 고상기의 부모에게 접근, 방 천장을 확인했다. 결과는 없었다.

사건현장에서 도보로 15~20분 거리에 있는 B사우나에서 고상기의 모습이 확인됐다. 고상기가 언급한 사실 그대로였다.

B사우나는 오 층짜리 건물 5층에 있었다. 지하 1층은 주차장이었고, 1층과 2층은 식당들과 약국, 2층과 3층은 학원과 헬스클럽, 병원이었고, 4층과 5층은 모두 병원이었다.

"13시쯤에 범행이 이뤄졌다면, B사우나까지 도보로 움직였다고 해도 15~20분이 소요됩니다. 대략 14시쯤엔 B 사우나에 들어갔어야 합니다. 하지만 고상기가 B사우나에 들어간 시각은 15시 30분입니다. 고상기가 거기서 나온 시각은 18시 50분입니다."

고상기는 B사우나에 들어갈 때와 나갈 때 그는 빈손이었다. 가방을 들었거나 메지 않았고, 옷 주머니에 무엇인가를 감춘 것 같지도 않았다.

근수의 보고가 이어졌다.

"그 건물 1층 약국에 설치된 시시티브이를 아침에야 확인했는데, 어제 19시 5분쯤 고상기가 택시를 탔고, 택시 기사에게 확인한 결과, 서울역에서 내린 시각은 19시 35분쯤입니다. 결제는 카드로 했고요."

다음으로 주동의 보고가 이어졌다.

"고상기가 우리 회사 앞에서 내린 시각은 어제 23시 50분쯤, 이때도 택시를 이용했는데, 택시 기사에 따르면 서울역에서 승차했다고 합니다. 그때가 23시 25분쯤이었답니다. 가방 같은 건 들고 있지 않았고, 결제는 역시 카드였고요. 카드번호를 알아내서 조회 중에 있습니다."

경환이 말을 받았다.

"결국 범행을 저지른 뒤 B사우나에 갔고, 거기서 나가

서는 서울역으로, 거기서 시간을 좀 보내다가 우리 회사로
왔다는 거네요. 문제는 범행을 저지르고 B사우나로 들어
가기 전까지의 행적인 것 같습니다."

그 시간이 약 2시간 15분. 그 시간 동안 훔친 물건을 어
딘가에 숨겼다는 의미였다.

경환이 고상기의 시간별 이동경로를 정리한 프린트물을
철웅과 다른 형사들에게 돌렸다.

[고상기의 시간별 이동경로]

10:05 – 고상기, 서울역 도착.
10:05~12:20 – ※행적 미확인. (버스나 지하철 노선과 배차 확
                인 후 시시티브이 확인 예정.)

12:20~12:40 – 고상기, H아파트 어린이 놀이터.
12:50 – 603호 문 열림. (604호 여자 진술)
12:50~13:15 – 고상기 603호 침입. (엘리베이터 시시티브이에서
                미발견. 계단 이용. 약 20~30분간 603호에서
                머물렀을 것으로 추정.)

13:15~15:30 – ※행적 미확인1. 603호 탈출 및 이동. (절도품
                보관장소로 이동했을 것으로 추정 → 버스나

지하철 노선과 배차 확인 후 시시티브이 확인
예정.)

15:00 – 604호 여자, 603의 문이 열린 것을 발견.

15:05 – 604호 여자, 112 신고.

15:30 – 고상기, B사우나 들어감. (빈손)

18:50 – 고상기, B사우나 나감. (빈손)

19:05 – 고상기, B사우나 건물 앞 택시 승차. (빈손)

19:55 – 고상기, 서울역에서 택시 하차. (빈손)

19:55~23:25 – 행적 미확인2. (※서울역 및 인근 시시티브이 확
인 중.)

23:25 – 고상기, 서울역 택시 승차. (빈손)

23:50 – 고상기, 본사 입구 택시 하차. (빈손)

경환이 손가락으로 관자놀이를 눌렀다.

"당구장 표시(※)가 된 '행적 미확인'을 확인으로 바꾸는
게 중요합니다. 행적미확인1에서 장물을 숨겼을 것으로 추
정할 수밖에 없습니다. 그 시간은 약 2시간 15분 정도로
생각하면 될 것 같고요."

경환은 주동과 함께 2시간 15분간의 행적을 최우선적으
로 추적하겠다고 했다. 잃어버린 패물을 찾기 위해서였다.

서울역에는 몇 군데의 물품보관소가 있었다. 근처에는

시시티브이가 설치되어 있었고, 동시간대에 이용한 이들을 확인하면 패물을 찾는 게 그리 어렵지 않을 것이라는 자신감을 보였다.

서울역 물품보관소에서 결과를 얻지 못할 경우, 사건현장에서 서울역까지의 지하철역 노선을 좇아 모든 물품보관소를 확인하겠다고 했다.

근수하고 상준이는 H아파트 인근을 중심으로 지하철역 물품보관함이나 우체국, 편의점 등을 확인하기로 했다.

고상기의 휴대폰 위치추적은 실패였다. 확인 결과 사건 당일 10시 15분부터 휴대폰은 꺼져 있었다. 휴대폰이 다시 켜진 건 어제 고상기가 철웅을 만나기 직전이었다. 휴대폰 안에서도 별다른 건 발견되지 않았다.

"고상기의 요구사항은 간단해. 7년 전 초록빌라 절도사건은 자기가 한 짓이 아니다, 그러니 너희들이 수사해서 진범을 잡으라는 거야. 고상기는 7년 전 사건의 진범이 누구인지 알고 있는 것 같고."

물론 고상기는 보상도 언급했다. 그 보상이 무엇인지 철웅은 굳이 팀원들에게 밝히지 않았다.

"참."

철웅이 상준 쪽을 보았다.

"고산에서 고상기와 친하게 지내던 친구는 없었어?"

"없었습니다. 거기에 젊은 사람이라고 할 수 있는 사람 자체가 없더라고요. 혹시나 해서 그날 마을에서 함께 움직인 사람이 있는지 확인했는데 없더라고요."

"일단 외부 협력자가 있다는 가정은 무시하고 수사를 하자고. 그것까지 생각하면 골치만 아프니까."

그럴 수밖에 없었다. 지금의 상황만으로도 시간이 너무나 부족했다. 그런데 고상기에게 공범이 있었다는 전제를 할 경우, 해결 자체가 불가능했다. 시시티브이에 잡힌 고상기가 혼자였다는 것을 핑계 삼아 그 점은 무시해야만 할 것 같았다.

"어쨌든 시간은 이제…"

손목시계를 확인했다.

"13시간 30분 남았어."

갑자기 분위기가 무거워졌다.

"자, 움직여!"

우르르 회의실을 나갔다. 회의실에는 이제 철웅과 경환만 남았다.

"커피나 한잔할까."

"그러죠."

1층 자판기에서 커피를 뽑은 두 사람은 건물을 나가 왼편에 있는 주차장 쪽으로 갔다.

주차장에 못 미쳐 잡풀만 무성한 화단이 있었다. 작년 봄, 경찰서 환경미화 차원에서 새롭게 단장했다. 화단 앞쪽 주차장에는 차가 화단을 침범하지 못하도록 막는 고무로 된 차량 스토퍼가 주차 공간마다 두 개씩 설치돼 있었다. 두 사람은 화단과 주차장의 경계인 보도블록을 의자 삼아 앉았다.

"고상기가 그러는데 7년 전 사건의 진범이 아마추어의 짓이래. '그놈'이라고 말한 거 보면 남자인 거 같고. 그 사건, 다시 살펴보고 있어."

"7년 전 우리도 그런 생각을 하긴 했었잖아요. 기억 안 나세요?"

"그런가?"

사실은 기억하고 있었다. 고상기가 그 얘기를 언급했을 때도 가슴 한쪽이 뜨끔했었다.

"7년 전 그 집, 엉망진창이었죠. 범인이 방마다 다 뒤졌고, 심지어는 주방도 막 뒤졌잖습니까? 그거 보고 팀장님께서 전문가의 솜씨는 아닌 것 같다고 말씀했었고요."

"그때 털린 신혼집이 반지하였지?"

"예, 그랬죠."

신혼부부는 나름 단단하게 방비했다. 현관문에 보조자물쇠를 달았고, 창에는 방범창을 달았다. 그런데 도둑의 침입은 막지 못했다.

절도사건의 경우 보통은 피해자가 신고 전화를 하면 현장을 확인한 뒤 수사를 시작하는 게 일반적인 과정이었다. 하지만 신혼여행을 떠난 신혼부부는 다르다. 신혼여행을 다녀온 뒤에야 피해 사실을 확인할 수 있기 때문이다.

7년 전 사건의 경우는 이런 경우도 아니었다. 신혼부부가 아닌 제보 전화가 있었다.

-초록빌라 102호를 턴 놈이 어딨는지 알고 있습니다. 제가 미행했어요!

변성된 목소리였다. 제보 전화를 받고 나서도 긴가민가했고, 파출소 측에서 확인한 뒤에야 움직였다.

-앞집 사는 사람에게 확인했는데요, 102호에 살고 있는 사람은 이번에 결혼한 신혼부부랍니다. 어제 결혼식을 올리고 신혼여행을 떠났고요.

허니문 파괴자.

그즈음 그놈에 대해 경찰은 한껏 독이 올라 있는 상태였다. 철웅이 근무하는 경찰서 관내에서도 비슷한 사건이 두 건이나 발생했다. 그야말로 초비상사태였다.

형사들은 신혼부부의 양측 부모에게 동의를 얻어 신혼집에 들어갔다. 잃어버린 패물을 확인했고, 고상기의 지문을 검출하기 위해 애를 썼다. 고상기와 연관된 다른 증거물은 찾지 못했다.

절도범은 화장실 창문을 통해 침입했다. 그 창문은 웬만한 어른은 들고 나갈 수 없을 정도로 크기가 작았다. 몸이 호리호리했던 고상기는 물론 가능한 크기였다.

지문 감식 결과에서 유의미한 지문 십여 개가 발견됐다. 오래된 지문을 제외하고, 근래 찍힌 지문으로만 검사한 결과 하나를 제외하고 모든 지문의 신원이 확인되었다. 안타깝게도 그중 고상기의 지문은 없었다. 확인된 지문들은 신혼부부 본인과 가족들로 밝혀졌다.

철웅이 의아했던 것은 신원이 확인되지 않은 지문이었다. 그 지문은 쪽지문으로 화장실 벽에 붙은 거울에서 발견됐다.

철웅은 팀원들과 함께 곧바로 경기도 고산으로 차를 타고 내려갔다. 제보자의 말대로 고상기는 그곳에 있었고, 천장에서 신혼부부의 패물이 발견했다. 상황이 명백한데도 고상기는 자신의 범죄를 부인했다.

사건은 빠르게 종결되었다. 그런데 그것이 실수였다는 것인가?

"제보 전화… 역시 그게 문제였나."

철웅의 중얼거림에 경환이 고개를 끄덕였다.

"제보 전화, 신원이 안 밝혀졌었지?"

"그랬죠."

생각은 했는데 신원을 밝힐 시간적 여유조차 없었다. 허니문 파괴자라는 악명이 모두를 집어삼킨 여파였다.

당시에 112센터에 녹음된 음성을 들어보기는 했다. 신고자는 남자였다. 공중전화로 전화했고, 수화기에 무엇인가를 덧댄 탓에 녹음된 목소리만으로는 나이조차 짐작하는 게 어려웠다.

"제보자는 어떻게 고상기의 짓이라는 걸 알았을까. 고상기의 말처럼 제보자가 초록빌라를 털었고, 고상기가 기회를 엿봐서 장물을 빼앗은 게 맞다는 건가?"

커피가 든 종이컵을 만지작거리는 철웅의 손에 살짝 힘이 들어갔다. 종이컵이 조금 찌그러지며 커피가 위로 올라왔지만 철웅의 눈빛은 무심했다.

"제보자는 고상기의 집도 알고 있었고요. 고상기의 말대로라면 제보자가 고상기의 뒤를 미행했다는 게 되는 건데요."

철웅도 같은 생각이었다.

"7년 전 그 지문 아직 남아 있는지 확인해 봐. 있으면 너구리한테 넘겨서 확인해 보라고 하고. 이런저런 말은 하지 말고."

"예, 그럴게요. 참 카페 홈스인가요? 거긴 확인 안 해도 될까요?"

"아, 내가 다시 한번 전화해 봤는데, 방문한 손님이나 홈페이지를 통해 인터넷 판매도 한다고 하더라고. 그걸로는 뭘 알아내는 게 힘들 것 같아."

"그럼 서울역 쪽에 집중할게요."

"경환아."

"왜요?"

"…고마워."

"에이."

경환은 쓸데없는 소리를 들었다는 듯 훠이훠이 손을 내저었다. 근처에 내려앉았던 참새들이 무리 지어 날아올랐다.

6

—

오후 3시.

공소시효는 이제 아홉 시간 남았다.

철웅을 제외하고 형사3팀 팀원들은 외근 중이었다. 모두가 바빴다.

오후 3시 30분.

철웅은 손깍지를 낀 채 턱을 괬다. 경환을 기다리고 있었다. 그사이 고상기를 만났지만 놈은 그와의 대화 자체를 거부했다.

아내에게서 전화도 왔었다.

딸이 결혼식을 올렸던 예식장 직원에게서 전화가 왔다고 했다. 예식장에서 보관하고 있던 신부와 신랑 사진을 경환이 파일로 건네받아 갔다는 것이다.

왜 그랬지?

아무리 생각해도 그럴듯한 이유가 떠오르지 않았다. 경환은 그 과정에서 신분을 밝혔고, 신부 측에 비밀로 해달라는 부탁까지 했다고 한다. 그러나 예식장 측에서는 비밀로 하라는 경환의 부탁이 아무래도 마음에 걸렸는지 아내에게 전화하여 모조리 일러바쳤다.

오후 3시 45분.

경환이 돌아왔다.

"수고했어. 결과는 좀 있어?"

"곧 나올 겁니다. 세 사람이 달라붙어서 보고 있어요."

철웅은 가만히 고개를 끄덕이면서도 딸네 부부의 사진이 왜 필요했는지는 묻지 않았다. 경환의 안색이 좋지 않았다. 이유는 몰라도 사무실을 나갈 때와 비교하여 뭔가 느낌이 달랐다.

"다른 건?"

"없는데요."

예식장에 들러 딸 부부의 사진을 확보한 이유가 내내 궁금했다. 이유를 물어볼까 하다가 먼저 말을 꺼내는 게 좀 그래서 그냥 모른 척 넘어가기로 했다. 필요한 일이었을 것이다. 무슨 일이 있는데 그에게 아무 말도 없이 그냥 넘어갈 사람은 아니었다. 해야 할 말이 있는데도 하지 않는 것이라면 반드시 그럴 만한 이유가 있을 것이라고 생각했다.

"초록빌라 쪽지문은 어때? 뭐 나온 게 있나?"

"쪽지문이라서 힘들지도 모른다고 하더라고요. 혹시라도 뭔가 나오면 그 즉시 연락 달라고 했어요."

"응. 나오는 대로 나한테도 곧바로 알려주고. 난 고상기 좀 만나고 올게."

"예."

경환의 어깨를 가볍게 토닥여주고는 유치장 쪽으로 향했다.

발걸음이 무거웠다. 뭔가를 말하지 않는 경환, 모든 것을 알고 있으면서도 입을 굳게 다물고 있는 고상기.

휴우. 쇠창살 저편의 고상기를 보자 절로 한숨이 나왔다. 고상기는 잠이라도 자는지 모로 누워 있었다.

철웅이 서너 번 부르자 그제야 상체를 일으켰다. 너스레를 떨듯이 기지개를 켜고는 그를 빤히 쳐다봤다.

"산책이라도 하지."

"산책, 괜찮죠."

철웅은 고상기를 별관 건물에 있는 민원실 옆 휴게실로 데려갔다. 몇 사람이 앉아 있었다. 둘은 구석진 자리를 잡고 앉았다.

캔 음료 두 개가 테이블에 놓였다.

"표정을 보니 아직 진범에 대해 감도 못 잡은 것 같은데요."

"내 표정만 봐도 그게 보이나?"

"팀장님 얼굴에 그렇게 쓰여 있으니까요. 난 팀장님 얼굴만 보면 딱 알거든요."

"나하고 농담할 사이는 아닌데. 그만큼 친하지도 않고."

"우린 친하면 안 되죠. 절대로."

고상기가 한쪽 입꼬리를 올리며 느긋하게 허리를 의자 등받이에 기댔다.

"네가 B사우나에 들어간 시각은 오후 3시 30분. 그때 넌 빈 몸이었어. 훔친 물건을 갖고 있지 않았지. 어딘가로 물건을 빼돌렸다는 건데, 어디로 빼돌렸을까? 짐작하면… 서울역."

"그래서요?"

계속 얘기하라는 듯 고상기가 살짝 고개를 치켜들었다.

"603호에서 나와서 서울역으로 갔어. 이때 카드는 사용하지 않았어. 오전에 서울역에서 내렸을 때 이미 어디에 물건을 넣을 것인지 생각해 뒀을 거야. 아마 물품보관소 어디에 훔친 물건을 넣었겠지."

고상기가 음료수 캔을 테이블에 놓더니 팔짱을 꼈다. 넌 계속 말해라 난 듣겠다는 태도였다.

"B사우나에 들어가고 나서 거기서 뭔가를 사 먹은 건 그곳에서 나오기 20분 전인 오후 6시 30분이었어. 그때도 결제는 카드로 했어."

오전 10시쯤 서울역에 도착하고 H아파트 어린이 놀이터에 행적을 노출시키기까지의 두 시간여의 시간이었다.

고상기는 일부러 그랬겠지만 카드와 현금을 번갈아 사용했다. 일부러 현금이나 카드를 목적에 맞춰 사용했다는 것이다. 카드를 사용했다는 건 당연히 자신의 행적을 기꺼이 알려주겠다는 의도였다. 서울역에 도착하자마자 휴대폰을 아예 꺼놨다는 건 이런 의도가 분명하다는 방증이었다.

왜 그래야만 했을까? 잠시 생각에 잠겨 있는데 고상기가 뒷말을 재촉했다.

"그다음은요? 질질 끌지 말고 후딱 말씀하시죠."

"넌 애초에 목적이 있었어. 네 말대로 진범이 있다면 진범의 공소시효가 중요한 거니까. 그래서 B사우나로 온 거야. 거기서 우릴 기다렸던 거지."

그런데 왜 다시 서울역으로 갔을까?

"그랬죠. 그런데 안 나타나더라고요. 세금으로 월급 받는 사람들이 너무 게으른 거 아닌가, 내 세금이 허투루 쓰이는 건 아닐까 하는 생각을 했었죠."

"그럼 거기서 계속 기다리지 서울역엔 왜 갔지?"

"그야 기다려도 오지 않으니 혹시나 해서 서울역으로 가본 거죠. 거기 가면 만날 수 있을까 해서요."

"장물이 여전히 그곳에 있는지 확인하려고 간 건 아니고?"

"장물요? 난 뭔가를 훔친 적도 없는데, 막 함부로 도둑으로 몰아가는 거 아닙니까?"

"7년 전 그 사건… 진범을 잡고 싶었다면 좀 더 일찍 나를 찾아왔어야 하는 거 아닌가? 아니면 제보라도 했으면 되는 거 아닌가?"

"제보하면 해결이 됐을까요? 이미 끝난 사건인데, 그걸 재조사한다? 안 했을걸요. 어영부영 처리했겠죠. 진범을 잡는다? 제가 형사인가요? 전 엄연히 선량한 시민 역할일 뿐 형사는 아니잖습니까. 굳이 제가 잡을 이유는 없죠."

"그런데 공소시효를 왜 언급했지?"

"나한테 억울한 마음도 없지 않아 있겠죠. 허나 그보다는 형사님들에 대한 배려라고 생각해 주시죠. 과거의 잘못을 반성할 기회를 주고 있구나, 라고요"

"하필이면 내 딸의 집을 털어서?"

"사람은 뭐든 절박해야 움직이거든요."

"그래, 내가 절박하긴 하지."

"너무 어렵게 생각하지 마세요. 진범 찾는 게 뭐 어렵다고요. 팀장님 능력이면 금방 찾을 수 있잖아요. 문제는 그다음이겠지만."

"그다음? 무슨 의미지?"

"7년 전과 과연 다를까 싶어서요. 과연 자신의 잘못을 순순히 고백할까 하는 염려겠죠."

"서울역에 있다가 직접 여기로 찾아온 이유가 뭐지? 게으른 우리를 보면서 답답해서였나? 그러다 공소시효가 지나버리면 게임을 즐기지도 못하니까, 어쩔 수 없이 직접 찾아올 수밖에 없었던 건가?"

"하하, 맞습니다, 맞아요. 그래서였어요. 이건 게임이거든요. 아주 재밌는 게임이죠."

게임이었다.

처음부터 끝까지 고상기는 철웅과 게임을 벌이고 있었다. 그래서 도둑질을 한 뒤 딸의 집 문을 활짝 열어놓았다.

만일 그 문을 열어놓지 않았다면 604호 여자는 도둑이 들었는지도 몰랐을 것이고, 당연히 신고 전화도 하지 않았을 것이다.

결국 딸의 패물은 이 게임의 인질이자 보상이었다. 아빠인 철웅이 게임을 시작할 수밖에 없도록 만드는 절대적 요인이었다.

"시간이 너무 촉박해."

3박 4일의 신혼여행. 해외여행이라지만, 돈에 맞춘 것인지 일정이 짧았다. 이제 하루가 줄었고, 얼마쯤 후에는 또 하루가 줄어든다. 아니, 그 전에 공소시효는 끝난다. 그럼 게임은 끝이다. 고상기는 입을 다물 테고, 철웅은 보상을 얻지 못하게 된다.

그 반대의 경우도 가능했다. 7년 전 사건의 진범이 따로 있고, 철웅이 그 진범을 잡는다고 해도 훔친 물건이 어디에 있는지 고상기가 순순히 말해 줄 리 없었다.

이 게임의 룰은 철웅에게 절대적으로 불리했다.

"팀장님. 7년 전에 하루 만에 수사 발표를 했어요. 그때는 됐는데, 지금은 왜 안 될까요? 이 게임의 룰은 이미 그때 정해진 겁니다."

고상기가 실실 웃으며 매점에 있는 동그란 벽시계를 보았다.

4시 30분.

남은 음료수를 단박에 다 마셨다. 빈 캔을 대여섯 걸음쯤 떨어져 있는 쓰레기통에 던졌다. 캔이 벽에 맞고 바닥으로 떨어지며 요란한 소리를 냈다.

"하하. 실력이 별로네요. 아니면, 운이 없거나."

이번에는 고상기가 캔을 던졌다. 그가 던진 캔이 깔끔하게 쓰레기통에 쏙 들어갔다. 고상기가 한쪽 손을 불끈 들어 올리며 씨익 웃었다.

"야속하게도 계속해서 시간은 흘러가네요. 좀 더 분발하셔야겠어요."

"그래, 그래야지."

"근데요, 팀장님. 게임인 건 맞아요. 맞긴 맞는데, 한 가지 착각하신 게 있더라고요."

"……."

"팀장님은 플레이어가 맞아요. 하지만 난 플레이어가 아닌 관리자입니다."

관리자?

"왜 네가 플레이어가 아닌 관리자지?"

"아시다시피 내가 이 게임의 설계자잖아요."

고상기가 천천히 자리에서 일어났다. 그는 자신이 가야 할 곳이 어딘지 안다는 듯 유치장이 있는 건물 쪽으로 걸음을 옮겼다.

7

—

화장실에서 나오면서 너구리와 마주쳤다. 마침 생각난 것이 있었다.

"7년 전 사건 쪽지문 말이야, 뭐가 안 나오는 건가?"

"아, 그거요. 그게 나온 게 없어요. 참, 경환이가 그 쪽지문 데이터 다운받아서 가져갔어요."

"데이터를? 왜?"

"수사에 필요하다고 하던데요."

"그래?"

"얘기 못 들으셨어요?"

"응. 뭐 필요하니까 달라고 했겠지. 알았어."

그때 휴대폰 벨이 울렸다. 휴대폰 화면에 뜬 이름은 근수. 너구리에게 한 손을 들어 보이곤 걸어가면서 전화를 받았다.

"응, 나야."

−찾았습니다!

흥분한 근수의 목소리가 기분 좋게 귓속을 울렸다.

환호성이라도 지르고 싶었지만 지그시 흥분을 내리눌렀다. 옆에 근수가 있었으면 으스러지게 껴안았을 것이다.

"물건은?"

−지금 C물품보관함 쪽으로 이동 중입니다.

서울역 지하철에 있는 C물품보관함에 무엇인가를 넣는 고상기의 모습을 확인했고, 직원과의 실랑이 끝에 지금 그곳으로 가는 중이라고 했다.

"다시 전화 줘."

십 분쯤 후 근수에게서 다시 전화가 왔다. 조금 전과 달리 그의 목소리에는 의문이 달라붙어 있었다.

"왜? 무슨 일이야?"

−그게요, 좀 엉뚱한 게 나왔지 뭡니까?

실망감이 훅 밀려왔다. 그 엉뚱한 것이 딸네 집에서 사라진 패물은 아니라는 의미였다. 철웅은 휴대폰을 천천히 다른 손으로 바꿔 잡았다.

"뭐가 나왔는데?"

−비닐봉지인데, 노란색입니다. 크기가 A4 용지만 하고요.

노란색 비닐봉지?

당연하게 딸의 신혼집 식탁에서 발견된 노란색 비닐봉지가 떠올랐다.

－갈색 테이프로 감싸 있습니다.

똑같다.

대체 고상기의 의도가 뭐지? 맞물린 어금니에 힘이 들어갔다.

"미친 새끼…."

－넷?

"아, 아니. 고상기."

－아, 예….

"안에 든 게 뭐 같아? 혹시 컵이야?"

－비닐봉지 안에 종이박스 같은 게 있는데요, 컵은 아닌 것 같아요. 이거 개봉해 볼까요?

고상기의 의도가 뭔지 다시 한번 생각했지만 감조차 잡히지 않았다.

"그거 뜯지 말고 가져와."

－예.

다시 생각을 바꿨다. 그만큼 초조했다.

"잠깐. 그거… 대충 뭔지는 알 수 있나? 안에 있는 종이 상자 부수지 말고."

─잠시만요.

금세 근수의 목소리가 들렸다.

─팀장님. 이거… 칼인데요.

"칼?"

"예."

칼이라니? 진짜 뜬금없는 전개였다. 느닷없이 칼이 왜 튀어나온단 말인가. 이번이나 7년 전 그 사건은 살인사건이나 강도사건이 아니었다. 그저 절도사건일 뿐이었다.

오후 6시. 형사3팀이 회의실에 모였다.

생각했던 것과 모든 게 똑같았다. 노란색 비닐봉지를 감싼 갈색의 OPP 테이프도. 포장을 뜯기 전에 테이프를 보면서 한 가지 느낀 게 있었지만 철웅은 모른 척 그냥 넘어갔다.

예상했던 대로 안에는 컵이 아닌 칼이 들어 있었다.

칼날 길이는 15센티, 전장은 25센티로 흔히 등산이나 캠핑용으로 이용되는 칼이다. 칼날과 칼 손잡이 사이에는 코등이가 있고, 칼날은 스테인리스, 손잡이는 미끄럼 방지를 위해 검은 가죽이 덧씌워져 있었다.

한 가지 눈에 띄는 흔적이 있었다.

"이건 피 같은데요."

경환이 말처럼 칼날에 묻어 있는 시커멓게 보이는 얼룩은 분명 피였다.

말라붙은 혈흔이 묻은 칼. 대체 이게 뭘 의미하는 걸까?

다른 사람처럼 철웅도 그것의 의미를 짐작하지 못했다. 단지 근수에게서 칼이라고 들었을 때 느꼈던 왠지 모를 불안감이 지금은 등줄기가 서늘할 정도로 진하게 느껴진다는 게 다르다면 달랐을 뿐. 불안감은 전염된다. 누구 한 사람 섣불리 입을 열지 못했다.

침묵이 흐르는 가운데 이윽고 철웅이 입술을 열었다.

"일단 국과수에 맡겨서 혈흔 분석을 해봐. 사람 피가 아닐 수도 있잖아."

"네, 알겠습니다."

으레 그랬듯이 경환이 대표로 대답했다.

경환이 고갯짓을 하자 실리콘 장갑을 낀 상준이 칼을 비닐봉지에 넣었다. 원래대로 종이박스에 넣고, 다시 비닐봉지 안으로 들어갔다. 그것을 또다시 커다란 투명 비닐봉지를 가져와 통째로 담았다.

"다녀오겠습니다."

"잠깐."

회의실을 나가려는 상준을 경환이 불러 세웠다.

"내가 갔다 올게."

"선배님이요? 제가 가도 되는데요. 그냥 제가…."

"아냐. 내가 갈게."

경환이 쓸데없는 고집을 피웠다. 철웅이 미심쩍은 시선으로 경환을 보았다. 경환이 모른 척 사무실을 나갔다.

경환의 행동은 누가 봐도 수상쩍었다. 철웅이 부리나케 그의 뒤를 쫓아 나갔다.

"경환아."

계단을 내려가다가 멈춘 경환이 고개를 돌렸다. 그제야 두 사람의 눈빛이 마주쳤다. 역시 평소 경환의 눈빛과는 느낌이 달랐다. 뭔가를 감추고 있는 눈빛이었다.

"너, 왜 그래? 뭔데? 너 지금 많이 이상해."

철웅이 그의 옆에 서서 차분한 어조로 물었다.

"뭐가요? 난 아무렇지 않은데, 괜히 이상하게 몰지 마세요."

"지금도 이상해. 네가 그렇게 말하는 놈이 아니잖아. 뭐야? 뭔 일인지 솔직하게 말해."

"솔직하게 말할 게 있어야 말하죠. 하하. 그런 거 없어요."

웃음마저 어색했다.

"정말로 없어?"

"예, 없어요."

계단을 내려가 본관 건물을 빠져나갔다. 약속이나 한
듯이 발길이 주차장 쪽으로 향했다. 그동안 침묵이 흘렀
다.

"비닐봉지에 붙어 있던 테이프 절단면 말이야."

철웅이 먼저 입을 뗐다.

"이번에도 S자였죠."

603호 식탁과 서울역 물품보관함에서 각기 발견됐지만,
그 끝은 하나로 이어져 있었다. S자로 이으면 한 치의 빈틈
도 없이 두 개가 완벽하게 딱 맞아떨어질 게 뻔했다. 누군
가 분명한 의도를 갖고 테이프를 사용했다는 의미였다. 그
테이프를 사용한 사람이 누구인지는 쉽게 짐작이 가능했
다.

"의도가 뭔 것 같아?"

"적어도 알리바이 증명은 아니겠죠."

"그렇겠지. 범행시각과 안 맞으니까."

고상기가 물품보관소를 처음 사용한 시각은 오전 10시
40분. 이후 오후 8시 30분쯤에 문이 한 번 열렸다가 닫혔
다. 노란색 비닐봉지를 물품보관소에 넣었다면 이 두 개의
타이밍밖에 없었다. 19시 55분에 서울역에 도착해 택시에
서 내릴 때 빈손이었기에 무엇인가를 안에 넣었다면 오전

일 가능성이 높았다.

"정확한 의도야 고상기만 알고 있겠지만, S자 절단면은 자기가 한 짓임을 고상기가 스스로 알리려는 거겠죠."

그 정도는 철웅도 뻔히 짐작했다.

"다른 건?"

"글쎄요. 아직은…."

대답과 달리 경환은 아는 것 같았다. 그걸 캐묻는다는 게 어쩐지 망설여졌다. 그래서 안 될 것 같은 불길한 예감이 다음 질문을 주저하게 했다.

"혹시 말이야."

하지만 결국 해야 할 얘기였다.

"연휘와 사위가…."

순간 경환이 고개를 외로 돌렸다. 철웅의 시선도 그를 쫓아갔다. 막 틔기 시작한 연둣빛 여린 잎새가 보였다. 철웅은 그 여린 빛을 보면서도 그 너머의 누르스름한 하늘에 자꾸 눈길이 갔다.

"그 머그컵…."

경환의 입술이 슬며시 벌어졌다.

"고상기의 절도 행위를 증명하기 힘들지도 모릅니다."

전혀 예상치 못한 말이었다. 불시에 가슴을 한 방 얻어맞은 사람처럼 신음이 새어 나왔다.

"갑자기 무슨….'

무슨 근거로? 이렇게 묻고 싶었지만 더는 입술이 움직이지 않았다. 소리가 되지 못한 말들이 머릿속에서 아우성을 쳤다. 의문을 품은 눈빛이 여전히 경환을 향해 있었다.

"그냥 그렇다고요."

경환의 말은 고상기가 연휘네의 패물을 훔친 도둑이 아니다, 라고 단정하는 말은 아니었다. 고상기의 지문이 묻은 머그컵이 거기에 있다는 것만으로 고상기를 절도범으로 단정 지을 수 없다는 의미였다. 머그컵의 지문이 다른 의미를 가졌을지도 모른다는 경고이자 충고였다.

가슴과 머리가 답답하고 혼란스러웠다. 손 갈퀴로 머리칼을 뒤로 쓸어넘겼다. 손가락에 낀 머리칼들이 당겨지며 조금 정신이 맑아졌다. 그래봤자, 잠깐일 뿐이었다.

"경환아."

"예."

"형 좀 도와줘."

"……."

"부탁이야."

그 말을 끝으로 돌아섰다. 서너 발자국쯤 옮겼을 때 등 뒤로 급히 소리가 달라붙었다.

"연휘가!"

버럭 화를 내는 것 같았다. 천천히 몸을 돌렸다.

"…왜?"

"연휘가 남편하고 오래 사귀었다고 했죠?"

"경환아, 지금 무슨…."

"형. 내 입으로는 말 못 해."

"……?"

"나 말고, 다른 사람에게 물어봐. 아마 얘기해 줄 거야."

다른 사람이 누군지 굳이 질문할 필요는 없었다.

경환이 훌쩍 화단을 뛰어넘어 차와 차 사이로 빠져나갔다.

삐빅.

잠시 후 차의 엔진음이 들렸다.

한동안 경환의 뒷모습을 물끄러미 지켜보았다. 경환의 모습이 차 안으로 사라지고 나서야 뒤돌아섰다.

발걸음이 점점 빨라졌다.

8

—

오후 6시 40분.

고상기의 입가에서 비웃음이 번졌다.

"지금 내 얼굴에 뭐라고 쓰여 있지?"

"뭐요? 하하, 갑자기 무슨 이상한 소리를. 하하."

"내 얼굴 보면 딱 안다며?"

고상기가 히죽 웃었다.

"하하, 그건 그렇죠. 사실 눈을 감고도 알아맞힐 수 있어요. 이건 마술도 사기도 거짓말도 아닌 100퍼센트 팩트예요. 팩트."

"어설픈 장난질이겠지."

"안 믿으시는 것 같은데, 그럼 당장 증명해 볼까요?"

"그러든지."

"지금 팀장님 얼굴에 이렇게 쓰여 있어요. 뭔가 성과가 있을 것 같다, 라고요."

"나한테 뭔가를 알려주겠다는 건가?"

"그걸 바라고 오셨잖아요. 사실은 다른 누군가가 나한테 보낸 거겠지만."

흠칫 놀랐다.

"서울역 지하철역 C물품보관함에서 엉뚱한 물건이 나왔어. 그게 어떤 의미인지 전혀 모르겠더군."

"솔직해지셨네요. 한데 어쩌죠. 그건 '내 미션이 아닌 팀장님의 미션인데."

"그렇겠지. 문제는 시간이지만."

"아, 공소시효 말인가요?"

"네 말대로 진범을 알아낸다고 해도 오늘 안에 놈을 체포할 수 있을까? 그 진범이 지방에라도 있다면 끝나는 거잖아."

"공소시효가 문제라는 건데… 그거, 혹시 모르는 거 아닙니까. 제가 계산을 잘못해서 아직 공소시효가 남았을지."

이건 또 무슨 소리인가. 당황스러웠다. 고상기는 처음부터 공소시효를 크게 신경 쓰지 않았던 게 아닐까 하는 의심이 들었다. 일단 모른 척 넘어갔다.

"7년 전, 초록빌라 화장실에서 지문 하나가 발견됐어."

쪽지문이라는 말은 일부러 하지 않았다.

"그 지문의 주인이 진범이겠군요. 누군지 신원이 밝혀진 건가요?"

"그래, 알아냈어."

"네엣? 알아냈다고요? 진짜로요?"

갑자기 고상기가 킥킥거리며 웃었다. 이건 또 무슨 반응인가 싶었다.

"아닌 것 같은데요. 팀장님은 진범이 누구인지 아직 모르고 있어요. 얼굴에 그렇게 쓰여 있다고요. 하하하."

"정말로 내 얼굴에 뭔가 쓰여 있나 보군."

순순히 인정했다.

"팀장님. 보기보다 엉큼하시네. 그만큼 절박하다는 거겠지만. 허나 게임에서 반칙은 안 돼요. 그러다 패널티 받으면 어쩌려고요."

하아.

길게 한숨을 뱉어놓았다.

"이게… 내 한계야."

플레이어든 뭐든 이 게임을 서둘러 끝내고 싶은 마음이었다.

"내가 졌어. 졌으니까, 이제 속 시원하게 말해 봐. 7년 전 사건의 진범과 혈흔이 묻은 칼이 무슨 연관이 있는지, 603호 식탁에서 발견된 머그컵의 지문과 알루미늄 캔에서 나온 쪽지문은 또 어떤 의미인지. 이쯤 데리고 놀았으면 된 거 아닌가? 아직도 뭐가 부족한 건가?"

"많이 급하시구나. 눈빛이 아주 간절하시네. 진심도 팍팍 느껴지고."

역력한 조롱이었지만 고상기의 말이 틀린 건 아니었다.

"팀장님. 박경환 형사가 뭔 말 안 했습니까?"

"좀 이상한 말을 하긴 하더군. 자네를 만나보라고, 그럼 말을 해줄 거라고."

"그래요? 박경환 형사가 정말로 뭔가를 알아내긴 알아냈나 보네요. 팀장님처럼 어설프게 넘겨짚는 게 아니라 진짜로 알아낸 것 같아요."

그런 건가. 경환이 알아낸 게 무엇인지 궁금하기도 했지만, 형사로서 그보다 늦었다는 점이 은근히 자존심 상하기도 했다.

"박경환 형사를 만난 건가? 무슨 얘길 했지?"

"나한테 부탁을 하나 하더라고요. 자기가 진실을 알아냈는데 자기 입으론 말 못 한다고. 그러니 대신 말 좀 해달라고. 이건 말 안 하려고 했는데, 글쎄 협박까지 하더라고요. 자기 부탁을 안 들어주면, 어떤 방법을 쓰든 날 깜빵으로 보내버리겠다고. 하하."

경환의 성격을 누구보다 잘 알았다. 그는 실적에 비해 승진이 더뎠다. 누구보다 열정적인 형사였지만 욱하는 그 성질머리 때문에 사고도 제법 쳤다. 뭔가를 결정하면 기필코 하고야 마는 성격이기도 했다. 그걸 철웅이 자신의 팀으로 데려오면서 적당히 어르고 달래면서 지냈다. 수년간 제법 얌전했고, 그 덕분에 재작년에 경위로 진급까지 했다. 하지만 그 성질머리는 여전했다. 교도소에 보내겠다니. 대체 무엇을 알게 됐기에 그런 협박을 했을까.

"뭔 말을 하라는 거였지?"

"그건 말 못 하죠. 팀장님이 그 얘길 들으면 진짜로 날

깜빵에 보내버릴 것 같거든요."

경환이 무엇을 알게 되었든 그에게 좋지 못한 소식이라는 건 분명했다. 그 누구도 아닌 철웅을 위한 협박이라는 것도 의심할 여지는 없었다.

의문이 더욱 깊어졌다. 그리고 한 사람, 아니 두 사람의 얼굴이 안개처럼 그의 눈앞에 떠올랐다.

딸, 그리고 사위.

아!

그걸 왜 생각하지 못했던 것일까. 애초에 이 사건의 피해자는 딸과 사위였다. 여태껏 자신 때문에 딸과 사위가 피해를 봤다고 생각했는데, 그게 아니라는 생각이 퍼뜩 눈앞을 스친 것이다.

만약, 만약에….

순간 모든 게 확연하게 정리됐다. 모든 게 딱딱 맞아떨어졌다. 욕지기가 치밀었다.

젠장.

경환이 알아낸 것이 무엇인지도 짐작됐다.

7년 전 초록빌라에 들었던 도둑, 화장실 창문으로 침입이 가능한 사람, 딸이었을 것이다. 딸이 화장실로 침입했고, 사위에게 문을 열어주었을 것이다. 그렇게 두 사람은 그 집을 털었을 것이다.

도대체 왜?

악이라도 쓰듯이 자신에게 되물었다.

가슴 저 밑바닥으로부터 뜨거운 것이 울컥 솟구쳤다. 부들부들 몸이 떨렸다. 자꾸 시선이 흔들렸다. 이러다 꼴사납게 눈물이라도 터질 것 같았다.

지그시 아랫입술을 깨물었다. 피가 새어 나오면서 입 안에 비릿한 내음이 번졌다. 하지만 그것으로는 미흡했다. 아내가 그랬던 것처럼 허벅지를 꼬집었다. 차라리 비명이라도 터지기를 바라며 한껏 엄지와 검지를 비틀었다. 그제야 간신히 참을 만했다.

"뭔가 깨달은 눈치네요."

담담한 목소리였다. 마치 친구에게 건네는 것 같은 고상기의 말투였다.

일부러 대답하지 않았다. 그는 형사였다. 형사는 질문을 하는 사람이다.

"노란색 비닐봉지와 갈색 테이프. 그건 뭐지?"

이미 짐작했지만 확인은 필요했다.

"일부러 그랬죠. 의도적이라는 게 형사님들에게 느껴져야 하니까. 그래서 똑같은 비닐봉지와 테이프를 사용한 겁니다. 물론 보셨겠지만 테이프 절단면에 약간 장난도 쳤고요."

"머그컵에는 네 지문이 묻어 있어. 그건 독박이야."

"7년 전하곤 다르죠. 또 당할 순 없으니까. 이미 패는 보여드렸잖아요."

혈흔이 묻은 칼. 그게 생각났다. 고상기가 입꼬리를 말더니 묘한 눈빛으로 물었다.

"칼에 묻은 피, 누구의 피일 것 같습니까?"

불안했다. 아니, 불길했다. 사실은 내내 그랬다. 듣고 싶지 않았다. 귀를 막고 싶었지만 이미 늦었다.

"7년 전 그 집, 내가 점찍어났던 집이라고 이미 말씀드렸죠? 그때 그 집 턴 거, 한 명이 아니라 두 명이었어요."

역시 그랬다. 충분히 짐작했는데도 충격은 컸다.

"둘을 쫓아갔죠. 기회를 봐서 훔친 걸 빼앗을 생각이었으니까요."

한 명은 키가 큰 남자애였고, 다른 한 명은 키가 작고 몸집이 왜소한 여자애였다.

시간이 지나고 둘은 헤어졌다.

고상기는 백팩을 멘 남자애를 쫓아갔다. 백팩 안에 훔친 물건이 들어 있을 것이라 짐작했다. 적당한 곳에 남자애가 이르렀을 때 고상기가 그를 붙잡았다. 칼로 위협했지만 남자애가 강하게 반발했다. 필사적으로 백팩을 지키려고 했다.

"그놈에게도 이유는 있었어요."

아내가 했던 말이 고상기의 말과 겹쳤다.

아내는 사위가 엄마의 병과 자신의 삶을 위해 별의별 궂은일을 안 해본 게 없다고 했다. 그중 하나가 절도였다.

숫자 하나가 오롯하게 떠올랐다.

7년.

그때라면 딸은 중2, 사위는 고1. 그 해에 사위의 어머니가 돌아가셨다. 수술을 받아야 하는데 가정 형편상 받지 못했다.

수술비 마련을 위해 그런 짓을 벌였던 건가. 바보 같은 놈들. 머저리 같은 놈들. 어리석은 것들. 돈이 필요하면 말을 할 것이지, 왜 그런 엄청난 짓을 저지를 생각을 했단 말인가.

8년의 연애를 했다. 중1과 중3에 처음 만났는데 이제까지 헤어지지 않고 오랜 연애를 했다. 결국 결혼까지 했다. 그게 기특하다고 생각했는데, 둘에게는 그만한 이유가 있었다.

딸과 사위는 둘만의 비밀을 공유했다. 그 비밀을 떨쳐버리고 싶었을 텐데도 오히려 그 이유로 서로를 보듬으며 결혼에 성공했다.

7년.

단어 하나가 자연스럽게 연이어 떠올랐다.

공소시효.

—제가 계산을 잘못해서 아직 공소시효가 남았을지도.

고상기가 태연하게 했던 말, 그 의미를 깨달았다.

딸과 사위는 하필이면 신혼여행을 해외로 갔다. 공소시
효 날짜가 그만큼 늘었다.

"…그래서 칼을 휘둘렀죠. 뭘 어떻게 하겠다는 생각은 없
었어요. 그냥 겁만 주려고 했을 뿐이죠."

고상기가 휘두른 칼날이 남자애의 오른쪽 팔을 스쳤다.
그러고 나서야 고상기는 백팩을 빼앗을 수 있었다.

하아.

철웅은 한숨을 속으로 삼켰다. 그때 휴대폰이 진동했다.
발신자는 아내였다.

—여보!

다급한 목소리였다.

—연휘네 집에 왔는데… 집이… 집이 너무 이상해. 왜 이
런 거야? 당신은… 알지? 그치? 대체 왜 이런 건데!

대답하지 못했다. 전화를 끊지도 못했다. 기억이 흐릿했
다. 사위의 팔에 상흔이 있었던가? 아내에게 그것을 확인
했다.

"여보…"

―말해. 어서 말 좀 해보라고!

"사위… 성규 말이야, 오른팔에 상처 같은 게 있었던가?"

아내가 아니라고 대답해 주기를 간절하게 바랐다.

―그딴 게 지금 뭔 상관인데? 지금 그거 생각할 때야!

버럭 화를 냈다. 흐흑. 곧바로 울음이 터졌다.

울어서 해결된다면 자신도 펑펑 울고 싶었다. 아내를 다그쳤다.

"말해. 지금 묻잖아!"

결국 마지못해 아내가 대답했다.

아내는 그하고는 달랐다. 사위의 팔뚝에 상흔이 있는지 없는지 정확히 알고 있었다. 오른쪽인지 왼쪽인지도 헷갈리지 않았다.

―오른쪽이야. 그건 갑자기 왜?

다시 한번 한숨을 속으로 삼켰다. 모래 한 사발을 삼킨 것처럼 목구멍이 따끔따끔했다. 말없이 전화를 끊었다. 휴대폰을 주머니에 넣고 손을 얌전하게 허벅지에 올렸다. 움켜쥔 주먹이 저절로 떨렸다.

"그 칼만으론… 7년 전의 그 일을 증명할 수 없어. 그 칼은 그 애 것이 아냐. 그 칼 주인은 너니까. 피는… 강도를 만난 거야. 반항하다가 베인 거지."

버렸다. 소용없다는 걸 알면서도 그래야만 했다. 이대로 무너지면 모든 게 끝이었다. 공소시효. 그놈의 공소시효가 문제였다. 욕을 먹더라도, 온갖 비난을 뒤집어쓰더라도 무조건 버텨내야 했다. 하지만 그게 과연 가능할까?

"팀장님. 제가 그 어린 놈을 어떻게 찾았을 것 같습니까? 7년이나 지났는데 말이죠."

"……."

"7년 전 제가 그 물건을 갖고 있는 걸 아는 사람은 한 사람밖에 없었어요. 형사들이 집에 들이닥쳤을 때 그 어린 놈이 생각나더군요. 그놈이 내 뒤를 밟았구나, 그놈이 신고했구나, 단박에 감이 오더라고요. 재빨리 천장에 물건들을 감췄죠. 들킬 거 예상했습니다. 그래서 다른 물건은 다른 곳에 숨겨놨죠. 제 예상대로 천장에 있던 패물들을 찾자마자 더는 수색을 안 하더군요."

다른 물건이 무엇인지 짐작됐다.

쪽지문이 발견된 알루미늄 캔하고 칼.

"그 음료수 캔 말입니다. 난 마시지 않았어요. 마시는 척만 했을 뿐이죠. 시시티브이를 자세히 살피면 알 수도 있겠지만 그 알루미늄 캔 7년이나 된 고물입니다. 두 꼬맹이를 쫓아갈 때 여자애가 먹고 버린 캔이죠. 혹시나 해서 제가 챙겼죠."

음료수 캔에 찍힌 바코드를 확인하면 제작연도나 판매 연도의 확인이 가능했다. 7년쯤 된 캔이라는 건 거짓말이 아닐 가능성이 컸다.

"출소한 뒤 교도소에서 알게 된 놈을 통해 한 사람을 소개받았어요. 그 캔에 묻은 지문의 주인을 찾아달라고 부탁했죠."

목이 답답했다. 가느다란 철삿줄 올가미가 목을 죄고 있는 느낌.

"찾았죠. 그리 어렵지 않았어요. 가족관계를 알고 나선 기가 막혔죠. 말로만 듣던 가족 사기단을 알게 됐지 뭡니까."

다시 허벅지를 꼬집었다. 두 번, 세 번 살을 비틀었다. 아프지 않았다. 전혀 느낌이 없었다. 잇새로 신음처럼 한마디가 겨우 새어 나왔다.

"그거, 내가 처리하면 돼."

억지였고 발버둥이었다. 그래도 우겨야 했다.

"증거물을 훼손시키겠다? 아니면 없애버리겠다는 건가요? 그래봤자 소용없을 텐데요. 이미 데이터에 다 남아 있잖아요."

틀리지 않았다. 지금 지문을 어찌할 수 있는 방법은 사실상 없는 것과 같았다.

"네 지문이 그 집에서 발견됐어. 쪽지문도 아닌 완전한 지문이야. 그건 팩트고."

그날 12시 50분에서 15시 30분까지 고상기의 행적은 밝혀지지 않았다. 고상기가 그 시간의 알리바이를 증명하지 못한다면 가능성이 전혀 없는 건 아니었다. 그것을 고상기에게 따지고 들었다.

"그 아파트 벤치에 있다가 603호에 들어간 거 맞아요. 이미 전자키 비번도 알고 있었고요."

며칠 전 사전 방문을 통해 비밀번호를 누를 때 들리는 소리를 녹음했다. 같은 제품의 전자키를 구입, 고유의 음으로 숫자를 파악했다.

"계속 그 집에 있었어요. 옷은 좀 헝클어뜨려 놨고요. 그 사람이 나라는 걸 알려줘야 하잖아요. 좀 더 명확하게 알려주기 위해 지문이 찍힌 머그컵도 하나 놔뒀고요."

고상기는 603호에서 느긋하게 휴식을 취했다. 창문 밖으로 외출했다 돌아오는 604호 여자를 확인하곤 집을 나왔다. 당연히 문은 열어두었다.

경찰 순찰차가 그곳에 도착한 것까지 보고 나서야 그는 아파트 단지를 떠났다.

"…패물은?"

"말씀드렸잖아요. 훔치지 않았다고."

곧이곧대로 믿을 수 없지만, 정말로 그렇다면 패물은 집

안 어딘가에 감춰져 있을 것이다.

일분일초가 급했다.

"잠깐만… 전화할 데가…."

그답지 않았다. 고상기에게 양해를 구했다. 왠지 그래야만 할 것 같았다.

박경환의 이름을 찾아 통화버튼을 눌렀다.

한 번, 두 번, 세 번… 경환은 벨이 여덟 번 울렸을 때 전화를 받았다.

"경환아…"

—예….

그다음 말이 안 나왔다. 603호에 가서 패물을 찾아보라고 해야 할까. 아니, 지금은 그것보다 더 급한 게 있었다.

"어, 어디야?"

목소리가 떨렸다.

—차요.

"가지 마. 도, 돌아와."

휴대폰 저편으로 낮은 한숨 소리가 들렸다.

잠시 침묵이 흐르다 경환의 목소리가 들렸다.

—팀장님.

"……."

—제가 어떻게 알았는지 궁금하지 않으세요?

궁금했다. 하지만 지금은 그것이 중요하지 않았다. 경환의 한마디 대답이 더욱 중요했다. 돌아오겠다는, 지금 당장.

"경환아… 거기, 가지 말고… 제발…."

경환은 제 할 말만 했다.

−초록빌라 화장실 쪽지문, 알루미늄 캔 쪽지문….

"…."

−그거 합치면 한 사람의 지문이 나와요.

그다음 말은 듣지 않아도 충분했지만, 경환의 입에서서는 기어이 이름이 흘러나왔다.

−연휘였어요.

마음이 더욱 조급해졌다.

"경환아… 형이…."

−형. 철웅이 형. 나….

"…응."

−나, 지금 주차장이야. 아직 출발 안 했어.

상준이 대신 경환이 국과수에 가겠다고 했던 이유가 이거였던가. 울컥 뜨거운 덩어리가 솟구치며 목구멍이 메었다.

"고… 고마워."

통화가 끝났다. 그런데 곧바로 휴대폰의 진동이 느껴졌다. 아내였다. 묻고 싶은 게 많을 것이다. 하지만 지금은 말하고 싶은 기분이 아니었다.

아내의 전화를 거절한 뒤 가만히 고상기를 바라봤다. 죽이고 싶었다. 죽일 수 있다면 정말로 그러고 싶었다. 놈의 목을 움켜쥐고 뼈까지 으스러뜨리고 싶었다. 녀석의 하얗게 질린 얼굴을 보고 싶었다.

하지만 현실은 정반대였다. 테이블에 올려놓은 주먹이 오히려 하얗게 질려 있었다.

하아.

시선이 바닥으로 떨어졌다. 하필이면 구두코가 눈에 박혔다. 딸의 결혼식 때문에 슈트 정장과 함께 산 구두. 겨우 이틀도 지나지 않았는데, 헌 구두처럼 지저분했다.

뚝.

구두 위로 무엇인가 떨어졌다.

뚝, 뚝.

눈물. 빌어먹을 눈물.

나이 탓이었다. 늙어가는 거였다. 오십인데, 늙었다. 늙어도 너무 빨리 늙어서 겨우 이틀 만에 노인이 되고 말았다.

앉아 있는 것조차 몹시 힘들었는지 한순간 그의 상체가 고꾸라질 듯이 크게 휘청였다. 그리고 무릎이 꺾였다. 어쩌면 눈물을, 아니 먼지를 닦아내고 싶었는지도 모른다. 새 구두니까. 새 구두인데 제법 편안하게 발에 잘 맞으니까. 단지 그것뿐이라고 변명하고 싶었다.

다시 휴대폰이 울었지만 이번에도 받지 않았다.

어디선가 그를 부르는 소리가 환청처럼 들렸다.

여보.

아빠.

아버님.

간절했다.

무릎을 꿇은 채 깊숙이 고개를 숙였다.

"…미안해. 내가 잘못했어. 제발… 제발 용서해 줘."

요란한 웃음소리가 터졌다. 아가리를 쩍 벌린 짐승이 포
효하는 것 같은 웃음소리. 그는 귀를 틀어막는 대신 머리
를 조아렸다.

"제발…"

한 번, 두 번, 세 번. 머리가 점점 바닥으로 내려갔다.
결국 이마가 바닥에 닿아 쿵 소리가 났다.

제발.

웃음이 그쳤다. 침묵이 공간을 무겁게 감쌌다. 무서웠
다. 그래도 억지로 또다시 목소리를 끄집어냈다.

…제발, 용서해 줘.

| 작가의 말 |

중편 네 편을 모았다. 나름 정성껏 재미를 보탰다. 여러 입맛에
제법 괜찮기를 바랄 뿐이다. 여러 선후배님께 고맙다는 말 전한
다. 덕분에 아직 여기에 있다는 생각이다.

도망친 시체

초판 1쇄	2022년 10월 17일
지은이	정석화
발행인	김재홍
디자인	박효은
교정·교열	김혜린
마케팅	이연실
발행처	도서출판 지식공감
브랜드	문학공감
등록번호	제2019-000164호
주소	서울특별시 영등포구 경인로82길 3-4 센터플러스 1117호 (문래동1가)
전화	02-3141-2700
팩스	02-322-3089
홈페이지	www.bookdaum.com
이메일	jisikwon@naver.com
가격	15,000원
ISBN	979-11-5622-748-9 03810

문학공감은 도서출판 지식공감의 인문교양 단행본 브랜드입니다.

※ 이 책은 경기도, 경기문화재단의 지원을 받아 발간되었습니다.

후원 :